마 흔 부 터

피 는 여 자 는

스 타 일 이

다   르   다

지은이 **정원경**

부산 태생의 20년 차 의류 사업가. 30대 중반에 얻은 네 살배기 딸 지우 엄마이자 연남동 스타일링 숍 '목단꽃이 피었습니다' 대표다. 서른 넘어 결혼과 동시에 자기 사업을 시작하여 서촌 '정원'을 거쳐 연남동이 '연트럴파크'로 이름나기 전 '목단꽃이 피었습니다'로 둥지를 틀었다. 오픈한 지 3개월이 채 지나지 않아 예약제로 운영한 정 대표의 개인 스타일링 서비스는 큰 인기를 끌었다. 하지만 소수만을 위한 한정된 시스템이다 보니 더 많은 고객과 소통하기 위해 2016년 재미 삼아 유튜브 방송을 시작했고, 2019년 현재까지 별 다른 홍보 없이 약 30만의 누적 조회 수를 달성했다. 눈에 띄게 친절하지도 않고 바른말만 골라 하는 그의 타고난 센스가 묻은 패션 철학은 오늘도 그가 '여왕님'이라 부르는 고객들을 사로잡고 있다.

마흔부터 피는 여자는 스타일이 다르다

2019년 9월 25일 초판 1쇄 발행 | 2019년 11월 21일 초판 2쇄 발행

지은이 정원경 | 펴낸곳 부키(주) | 펴낸이 박윤우
등록일 2012년 9월 27일 | 등록번호 제 312-2012-000045호
주소 03785 서울 서대문구 신촌로3길 15 산성빌딩 6층
전화 02) 325-0846 | 팩스 02) 3141-4066 | 홈페이지 www.bookie.co.kr
이메일 webmaster@bookie.co.kr | 제작대행 올인피앤비 bobys1@nate.com

ISBN 978-89-6051-739-4 03810

이 도서의 국립중앙도서관 출판예정도서목록(CIP)은 서지정보유통지원시스템 홈페이지 (http://seoji.nl.go.kr)와 국가자료공동목록시스템(http://www.nl.go.kr/kolisnet)에서 이용하실 수 있습니다.(CIP제어번호: CIP2019026142)

b▲oɒ는 부키(주)의 출판 브랜드입니다.
Always **B-Side** You.

마 흔 부 터
피는 여자는
스 타 일 이
다 르 다

정원경 지음

ᄫᄋᄃ

Prologue

마흔, 진짜 멋을 찾아야 하는 시간

"책요? 저 같은 사람이 책을 낸다고요?"

나는 책이란 한 분야에서 최고의 경지에 오른 사람이 그 자취를 남기거나, 성과를 알리려는 사명감으로 내야 하는 매체라고 생각한다. '어떻게 나 같은 사람이'라는 어설픈 겸손의 인사치레가 아니다. 지극히 평범한 내가 출간 제의를 받는 것이 몹시 면구스러웠다.

"대체 어떤 책을… 전혀 감이 안 와서요. 참고할 만한 서적이 있으면 추천해 주세요."

그렇게 추천받은 책을 무심코 읽어 가자니 가슴 한편이 답답해졌다.

어렵다.

'나는 다른 저자처럼 화려한 직업도, 멋진 경험담도, 다양한 여행기도 없는데… 학문적 성과가 있는 것도 아닌데…'

내가 자꾸만 작아지는 기분이 들었다.

그러다가 책을 다 읽어 가는 끄트머리에서 한 가지 생각이 스치고 지나갔다.

'옷에 대한, 패션에 대한 막연한 포장을 다 벗기고 싶다. 내가 아는 옷은 이렇게 복잡하지도, 어렵지도 않은데. 옷을 잘 입기 위해서 그렇게 수많은 경험과 지식이 필요한 것이 아니던데. 이 세상 모든 브랜드를 다 섭렵해야 세련돼지는 건가?'

그리고 이어지는 생각.

'특출한 경험과 지식을 내세우지 않아도 사람들에게 도움이 될까? 만약 된다면 나만의 방식으로, 나만의 화법으로 써 볼 수 있지 않을까?'

가능한 시도일지도 모르겠다는 생각이 들었다.

고등학생 시절에 잘생긴 학원 선생님이 옷 가게를 열었다
는 소식을 들었다. 눈도장이나 찍을 요량으로 들른 부평의 한
가게에서 시작된 인연.

그 시작이 분명 옷은 아니었다.

가게 앞에는 갈색 토기 화분의 로즈메리가 쪼로니 놓여 있
었고 무슨 음식점도 아닌데 칠판도 있었다. 고양이와 회벽과
고재 선반, 옹이가 자연스러운 나무 바닥, 한쪽에 놓인 떡판
의자, 우물만큼 커 보였던 항아리 위에 유리를 얹어 만든 테이
블…. 그 모든 것이 새로웠다.

나는 그 낯설고 이국적인 장소에 완전히 매료되었다. 한
번도 가 보지 않은 외국에 와 있는 기분. 외국에 가면 그런 가
게가 분명 있을 것 같았다.

"선생님, 저 돈 안 주셔도 되니까 청소도 하고, 옷도 개고
손님인 척 놀러 오면 안 돼요?"

얼마나 맹랑했을까.

그렇게 하루이틀이 흐르고 매일같이 들르던 어느 날, 날씨가 아주 좋았던 봄날의 주말로 기억한다. 그날따라 가게는 하루 종일 사람들로 북적였다. 손님이 자꾸 들어오니 가게에서 일하는 언니들이 손님을 응대하느라 정신이 없는데도 일손이 모자랐다.

그때 어깨끈 달린 민소매가 가지런히 놓인 코너 앞에서 옷을 들었다 놓기를 반복하며 고민하는 아주머니가 보였다.

"도와 드릴까요?"

스스럼없이 던진 내 말에 아주머니가 반색하며 물었다.

"재킷 속에 받쳐 입고 싶은데 이거 내가 입어도 될까?"

"그럼요, 어떤 컬러에 입으시려고요?"

나는 거침없이 대답했다.

"이것도 대어 보세요. 이런 건 어떠세요? 더 고급스러워 보여요."

아주머니와 둘이 거울 앞에서 주거니 받거니 즐거운 시간을 보냈는데 그 아주머니가 "둘 다 사지 뭐. 용도가 다르니까"라며 계산대로 가는 게 아닌가!

옷을 포장하는 내내 아주머니는 밝은 표정이었고 나에게 고맙다며 인사까지 했다.

내 첫 손님, 내 첫 경험이었다. 그렇게 손님은 계속 들어왔고 나는 뭔가에 홀린 듯이 손님을 마주하며 이야기 나누고, 누구보다 적극적으로 옷을 판매하고 있었다. 물론, 사장님(선생님)이나 큰 사장님(선생님의 형)이 시키지도 않았는데 스스로 나서서.

그 당시 매장에서 판매를 담당하는 언니들은 정강이까지 내려오는 광목으로 된 앞치마를 둘렀는데 나는 그게 참 멋져 보였다. 적당히 때가 묻고 생활 주름이 잡혔는데, 허리에 두 번 둘러 질끈 묶은 매듭도 좋았다. 앞치마 맨 아래 귀퉁이에는 그 직원 이름이 한자로 적혀 있었다. 지금 생각해도 참 멋진 명함이었다. 아무튼 나는 그 앞치마가 입고 싶었다.

무보수를 자처하며 출근한 지 일주일쯤 지났을까? 사장님이 앞치마를 툭 던지면서 했던 한마디.

"너 판매 한번 해 볼래?"

뛸 듯이 기뻤다. 그 앞치마를 질끈 맬 수 있어서.

그렇게 한 달이 지나고 드디어 내 앞치마에도 이름이 새겨졌다. 정 원 경.

전장에 나가는 나의 갑옷 같은 기분이 들어 뭔지 모를 사명감마저 느껴졌다. 출근해서 교복을 갈아입고 앞치마를 두를 때면 비장하기까지 했다. 그렇게 옷과의 인연이 시작됐다.

가끔 그 시작이 부동산이었으면 어땠을까 상상해 보는데 나는 집을 팔아도 참 잘 팔았을 것 같다. 뭔가를 판다는 것, 권한다는 것, 그게 내 천직이라는 걸 직감했으니까.

옷이 좋아지기 시작한 건 그 선생님의 형, 큰 사장님 덕분이었다. 그분의 가운뎃손가락에는 노란 금가락지가 껴 있었는데 그게 정말 큰 사장님과 잘 어울렸다. 번쩍거리는 광이 없고 순금 특유의 무른 느낌의 가락지가 무심하게 끼워 있던 손. 한여름에도 무광 가죽바지에 회색 면 티셔츠를 입고 검정 배낭을 메던 진짜 멋쟁이.

그 진짜 멋쟁이가 어느 날 내게 봉투를 내밀며 말했다.

"명동 중국대사관 앞에 가면 책방이 있어. 그곳에 가서 《앙앙》《지퍼》같은 스트리트 잡지들을 사서 봐라."

아마도 큰 사장님 눈에는 내가 옷을 파는 게 진심으로 즐거워 보였나 보다. 넘치는 내 끼를 키워 주고 싶은 마음이었는지, 열심히 즐기는 내 모습이 기특해서였는지는 모르겠다.

큰 사장님은 풍부한 경험을 바탕으로 거르고 걸러 가장 좋은 서적을 권했을 테고, 그것을 통해 스타일에 눈을 떴으니 나는 참 운이 좋았다고 생각한다. 큰 사장님은 단순히 잡지를 알려 준 것이 아니었다. 많은 패션 잡지를 섭렵한 뒤에야 어떤 잡지들이 가장 낫다는 결론에 이르는 과정을 단번에 거치게 해 준 셈이었다.

큰 사장님은 나의 우상이었고 어느새 내게 롤 모델이 되어 있었다. 그의 무심한 듯 매만진 짧은 머리가 멋져서 나는 당차게 커트를 치고 최대한 비슷하게 머리를 만지고 그와 비슷한 바지를 입었다.

열아홉, 감수성이 충만했던 여학생의 우상이 남자였으니…. 그 시절 나는 해군화를 신고, 구제 바지를 입고 배낭을 메고 다녔다. 패션의 '패' 자도 알지 못했고, 촌스럽기까지 했던 나에게 돌아가는 길 말고 지름길을 안내해 준 사장님.

나도 지난 경험을 바탕으로 거르고 거른 스타일에 대한 내 철학과 나만의 팁들이 누군가에게 도움이 되기를 바라는 마음으로 이 글을 시작해야겠다.

나 또한 '세상에 옷은 너무 많다. 하지만 내가 입을 수 있는 옷은 너무 적다'고 생각한 시절이 있었다. 옷 가게에서 근무할 때는 매장 언니들이 입으라는 대로 입었다. 매장에서 팔지 않는 옷을 입고 출근하는 것은 예의가 아닌 듯싶어 당시 내 스타일은 내가 판매하는 옷들에 좌지우지되었다.

어쩌다 쇼핑을 나서면 짧고 굵은 종아리가 그리도 원망스러웠다. 한편으로 전혀 예쁘지 않은데 "어머, 귀엽고 예쁘다. 잘 어울리네. 그거 한 장밖에 안 남았어"라며 철저히 판매를 목적으로 구매를 종용하는 멘트가 어찌나 싫던지.

교복 하나로 해결되던 시절을 졸업하고 나니 가장 큰 난관이 옷이었다. 넉넉한 형편이 아니었기 때문에 비싼 브랜드 옷은 엄두도 내지 못했다. 게다가 딸 넷 중 막내로 태어나 물려입는 게 대부분이었던 터라 내 옷, 나만 입는 옷이라는 개념이 없었으니 말해 무엇하랴.

언니들 옷이 예뻐 보여서 출근 시간이 다가오면 호시탐탐 기회를 노렸지만, 어쩌다 타이밍이 좋아 언니 청바지를 입고 나간 날이면 어김없이 쏟아지는 폭풍 잔소리와 원성을 피할 수 없었다.

"야 정원경! 니 내 바지 입지 말라 했지! 니가 입으면 무릎이 하나 더 생긴단 말야!"

(언니들은 키가 160이 넘는다)

옷 한번 입고 나갔다고, 그게 그렇게까지 욕먹을 일인지 이해할 수 없었다.

'명색이 의류업 종사자인데 그래도 옷 하나는 잘 입어야지' 라는 야무진 포부는 월급 이상으로 돈을 쏟아붓고도 번번이 실패로 귀결되었다. 그도 그럴 것이 대체 '옷을 잘 입는다'는 것이 정확히 무엇인지 알지 못했고, 따라서 어떤 옷이 나한테 어울리고 안 어울리는지 나 스스로 안다기보다 남들의 판단에 의지하는 경우가 훨씬 많았다.

당시 즐겨 보던 일본 잡지에서 눈에 들어오는 몇몇 옷이 있었는데 내 주위에서는 찾아볼 수가 없었다. 적당히 여유 있으면서 자연스럽게 좁아지는 바지는 어디서 구할 수 있는지, 힘이 있으면서도 동글동글한 것이 다른 셔츠와 겹쳐 입기 좋은 톡톡한 면 소재 티셔츠는 대체 어디서 살 수 있는지⋯. 그 옷들을 찾아 헤매던 중 거평프레야(현재는 동대문 현대시티아울

렛)에서 구제 청바지를 찾았다.

"악! 이거 죄다 잡지에서 본 거야. 어머 어머! 이거 이거, 이 티셔츠도!"

내가 원한 옷들이 빈티지 구제라는 것을 그제야 알았다.

하단으로 내려갈수록 폭이 좁아지는 바지와 실제 사이즈를 모를 만큼 여유 있는 티. 그것들을 가리켜 세미 핏 바지, 맨투맨티라고 한다는 사실도!

내 인생의 옷을 찾았다고 생각했다. 짧고 굵은 내 종아리가 완벽하게 커버되었고, 그나마 날씬했던 허벅지 덕에 내가 원하던 모습대로 청바지 핏이 빠졌다.

내 짧은 커트 머리와 세미 구제 청바지, 맨투맨티의 조합은 걸음걸이에 당당한 힘을 실어 주었다. 옷을 꽤 잘 입은 기분!

그렇게 나는 즐겨 보던 잡지에서 마음에 드는(여기서 포인트는 나와 가장 비슷한 체격이나 이미지다) 사진을 골라 모델이 입은 것과 가장 비슷한 옷들을 찾아내기 시작했다. 아마도 그때 컬러의 조합, 레이어드 룩 등을 배운 것 같다.

검은색 맨투맨티 사이로 살짝 보이는 흰색 면 티와 청바지는 필수 아이템이 되었고, 사진 속 모델이 입은 느낌과 뭔가 다르다고 느끼면 왜 다른지 고민하고, 같은 느낌의 옷을 찾아 헤맸다. 맨투맨티셔츠 네크라인 위로 아주 조금 나오는 그 차이를 채우기 위해, 라운드가 좁은 면 티셔츠를 찾아내기 위해 정말이지 수십 장의 흰 면 티를 사고 또 샀다.

당시 지오다노에서 기본 티 세 장에 얼마 하는 식으로 묶음판매를 했는데 그게 얼마나 고맙던지, 그 티를 치수 80도 사 보고 85도 사 보고 90도 사 봤다. 유니클로 반팔 면 티는 이런저런 프린트가 섞여 있고 네크라인이 좀 더 도톰하고 컬러감이 다양하다는 것, 티셔츠를 겹쳐 입을 때 겉에 입은 셔츠보다 조금 작은 면 티를 입되 기장은 충분히 내려와야 가장 자연스럽다는 것은 수십 만 원의 수업료를 치른 뒤에 얻은 결과였다.

그렇게 따라 하기를 넘어 복사하는 경지에 이르기까지 수 없이 입어 보며 깨달은 것은 좁은 어깨와 잘록한 허리, 굵은 종아리가 드러나지 않아야 마음에 드는 내 모습이 된다는 사실이었다. 그리고 그런 모습을 연출하는 방법을 철저히 경험으로 터득했다.

그 공식만 생각했다. 무슨 옷을 입든 그 공식을 적용하면 90점이었다. 허벅지는 붙으면서 아래가 넓어지는 나팔바지에 빈약한 상의가 여실히 드러나는 쫄티보다 미키마우스가 그려진 적당히 여유 있는 면 티셔츠가 어울렸다. 나는 85사이즈인데 90을 입을 때 더 자연스러운 멋이 있었다. 구제 청바지는 허리가 24, 25인치인 내가 29에서 31인치 사이의 사이즈를 입어야 예뻤다. 적당한 여유가 작은 내 키를 커버해 준다는 건 20년 가까이 고수하는 나의 공식이며 호호 할매가 된다 해도 변함없을 나의 핏이리라.

옷을 잘 입는 데 정답은 없다. 단, 관심과 연습. 나만의 스타일을 만드는 데에는 최소한의 노력이 필요하다. 최소한의 노력조차 어떻게 해야 할지 모르는, '패션' 그 자체가 막막한 당신에게 옷은 절대 어려운 게 아니라는 나의 결론을 공유하고 싶다.

우리는 어디에서 누구를 만나든 '센스 있는' 여자이고 싶으니까.

2019년 9월

정원경

Prologue 마흔, 진짜 멋을 찾아야 하는 시간 004

Chapter 1

인생 스타일을 찾기 앞서 나누고 싶은 이야기

나는 매일 자존감을 입는다 025

세상에 못 입을 옷은 없다 030

작은 키, 통통한 몸매에 숨은 나만의 핏을 찾아라 035

입고 있는 옷이, 스타일이 곧 그 사람이다 048

입고 싶은 옷보다 되고 싶은 사람을 떠올리자 056

쇼핑 친구의 옷 훈수, 정말 믿을 만한가? 063

목단 스타일로 인생이 달라진 사람들 068

Chapter 2

하나를 입어도 남다른 여왕님들을 위한 쇼핑 팁

잘 입고 싶다면 잘 사는 것에서 시작하자 095

쇼핑을 앞둔 당신, 거울 앞에 서 보자 100

이렇게 사면 실패하지 않는다 104

내 스타일이 아니라고 섣불리 단정하지 말자 112

가격표 앞에서 망설일 당신에게 필요한 계산법 117

수고한 나에게도 선물이 필요하다 125

정 대표가 명품을 고르는 기준 130

Chapter 3

옷이 나를 입는 게 아니다, 내가 옷을 입는다

피팅 룸을 나온 거울 속 당신, 스타일리시한가? 139

어색한 것과 안 어울리는 것 146

아이템이 모였다면 연습만이 살길이다 149

옷은 소품에 불과하다, 절대로 지배당하지 말 것 154

언제 어디서나 제구실하는 여덟 가지 기본 매력템 160

그레이에 카키 한 방울, 피치 & 크림 목단 스타일 컬러 매칭 178

옷을 입을 때 놓치지 말아야 할 의외의 포인트 190

Chapter 4

젊고 예쁜 그녀보다 아름답고 멋진 당신이 좋다

선배라는 무게를 감당할 스타일을 만들자 197

체형, 이미지, 인상까지 바꾼 세월, 그 흐름에 맞는 스타일 찾기 200

매너가 스타일을 완성한다 205

칠순 엄마도 우아하게 만드는 심플한 옷 입기 216

예쁨보다 우아함을 입자 225

열심히 달려온 당신에게 권하는 작은 사치 228

무심한 듯 여유로워 보이는 그녀의 비밀 233

Epilogue 시간이 흐를수록 멋있는 여자로 남기를 바라며 236

Thanks to 나를 있게 해 준 소중한 사람들에게 242

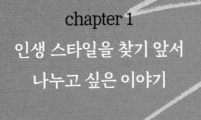

chapter 1
인생 스타일을 찾기 앞서
나누고 싶은 이야기

모두가 똑같이 옷을 입고 산다.

그저 '한 끗' 차이가 있을 뿐이지만 그 한 끗이 큰 차이를 낳는다.

나도 매사에 의기소침하고 자신감이 없던 시절이 있었지만

옷으로 인해 자신감을 얻으면서 삶이 달라졌다.

나는 매일 자존감을 입는다

아마 옷에 대해 나처럼 심각하게 생각하거나 애정을 쏟으며 시도해 본 사람은 많지 않을 것이다. 옷은 그냥 입는 것이라 생각하고, 튀지 않고 무난하다 싶은 옷을 사는 사람이 대부분이리라.

그런데 나는 일상생활뿐 아니라, 옷을 입을 때도 '한 끗'이 중요하다고 생각한다. 한 끗의 핏과 한 끗의 원단 차이에서 '저 할머니 세련됐다' '저 할머니 나이에 비해 젊게 입었는데' '저 아주머니, 되게 우아하다' 하는 느낌이 생겨난다.

나에게 스타일링을 받는 사람들이 모두 그렇게 보였

으면 좋겠다. 사람들이 옷을 좋아하고, 옷에서 자존감을 찾기를 바란다. 나는 좋아하는 스타일을 찾아 가면서 온전히 '나'라는 사람을 들여다보고 알아갈 수 있었다. 나아가 마음의 상처를 치유할 수 있었다. 나에게 스타일링은 그런 의미다.

중년의 나이에도 자신의 스타일을 알고 그에 맞는 옷을 골라 입을 줄 아는 사람은 뭔가 생각에 여유가 있어 보이고, 그 사람이 궁금해진다. 내가 스타일링해 주는 사람들은 누구나 그렇게 보이기를 바란다. 그 사람이 실제로 여유가 있든 없든 상관없이 여유 있고 편안해 보이는 스타일. '세련됐다' '무심한 것 같은데 센스 있어 보인다' 하는 그런 느낌을 불러일으키면 좋겠다.

나는 늘 손님들에게 이렇게 말한다. "제발 무심하게 입으세요." "꾸안꾸(꾸민 듯 안 꾸민 스타일)가 중요해요." 딱 그게 내 스타일링의 모토이자 '목단꽃이 피었습니다 (이하 '목단')'의 모토다. 어디 가도 그곳에 자연스럽게 녹

아드는 옷차림, 어느 장소에서든 기품이 있는 매무새, 면바지에 티셔츠만 입어도 싼티가 나지 않는 스타일을 지향한다.

나는 병원에 가든, 동네 슈퍼에 가든, 아이를 데리러 어린이집을 가든 언제나 세팅을 하고 간다. '저 만만한 애 엄마 아니에요' '내 아이를 함부로 대하지 마세요'라는 무언의 메시지를 상대에게 보내는 것이다. 이렇게 나는 옷을 입을 때 나의 메시지를 담아 상대방에게 전달한다. 그런데 내가 입는 옷이 절대 비싼 옷이 아니다. 그저 차림에서 나오는 거다.

나는 친구들에게도 항상 말한다.

"제발 유모차를 끌고 다닐 때도 너를 놓지 마. 뚱뚱한 건 어쩔 수 없어. 그 대신 여유롭고 긴 원피스를 입으면 돼. 예쁜 모자도 꼭 쓰고. 아기만 번듯하게 꾸며 주지 말고."

"엄마가 센스 있으니까 아기 옷차림도 센스가 있구

나" 하는 말을 들어야 하는 거다.

사람은 누구나 사회적으로 인정받고 싶은 욕구가 있다. 자존감은 자기 자신에 대한 만족에서도 비롯되지만, 타인에게 사회적으로 인정받을 때 비로소 온전히 채워진다. 이때 옷은 중요하다. 옷은 나의 정체성을 찾아 주고 드러내는 하나의 수단이다. 남들에게서 존중받으려면 거울 앞에 선 나를 보면서부터 자신감이 채워져야 한다.

그 어떤 순간에도 자신의 모습이 마음에 들어야 한다. 경력 단절 중이라도 패션에 대한 관심의 끈을 놓아서는 안 된다. 더 나은 조건을 위해 퇴사하고 이직을 준비하는 시기이든, 안식년이든, 육아휴직 중이든, 말만 출산휴가이지 출산 고행기일지라도 말이다. 현재 직장을 다니지 않는다고 해서 무릎 나온 파자마 바지에 라운드넥인지 브이넥인지 모를 헐렁해진 티셔츠를 입어도 된다고 생각하면 그건 핑계다.

　자신만의 가치관이 확고하고 자기 철학대로 열심히 살아가지만 꾸밀 줄 모르는 사람이 많다. 그런 당신에게 이렇게 말해 주고 싶다.

　모두가 똑같이 옷을 입고 산다. 그저 '한 끗' 차이가 있을 뿐이지만 그 한 끗이 큰 차이를 낳는다. 내게는 매사에 의기소침하고 자신감이 없던 시절이 있었다. 그런데 옷 한 벌 사는 것에 대한 관점이 바뀌고, 그 옷으로 인해 자신감을 얻으면서 삶이 달라졌다. 당신의 삶을 바꾸고 싶다면, 당신이 어떤 사람인지 알고 싶다면 옷을 고르는 안목을 키워라. 그리고 매일 당신을 위해 자존감을 입어라. 그것이 바로 옷이 가진 힘이다.

세상에 못 입을 옷은 없다

많은 사람이 민소매 원피스를 입으면 굵은 팔뚝을 가릴 방법을 찾는다. 그럴 때 나는 겉감에 다리 가랑이가 비치는지 안 비치는지를 먼저 살핀다. 자기 팔뚝이 굵다고 여기는 사람은 팔뚝에 신경 쓰지만 실제로 남들은 그쪽에 눈이 가지 않는다.

팔뚝을 가리는 카디건을 입으면 더워 보일 뿐(실제로도 덥다), 시원하게 드러난 팔뚝이 더 멋있어 보인다. 카디건을 걸쳐 팔뚝은 가렸을지 몰라도 휜히 보이는 팬티 라인이나 치마 사이로 비치는 가랑이는 어쩌랴. 팬티 라인이나 가랑이가 비치지 않게 신경 쓰는 사람이 진짜

베이직한 스타일
어깨선이 없는 래글런
상의에 펜슬핏 스커트
를 입으면 군더더기
없이 깔끔해 보인다.

옷을 입을 줄 아는 거다.

이제는 옷을 보는 관점부터 달라져야 한다.

"저는 목이 짧은데 라운드넥은 안 어울리지 않나요? 브이넥이 어울릴까요?"

"제 피부 톤에는 어떤 컬러가 좋을까요?"

이렇게 물어보면 할 말이 없다. 나는 입고 싶으면 입자는 주의다. 예를 들어 캐릭터가 그려진 샛노란 티셔츠를 입었을 때는 나이에 맞지 않고 색도 어울리지 않았다. 그런데 겨자색의 깃이 달린 톤다운된 노란 원피스는 어울릴 수 있다.

색깔의 문제가 아니다. 어떤 색이든 입고 싶으면 입자. 그 대신 제대로 입으려면 스타일링이 중요하다. 노란색 원피스를 입고 싶은데 내 얼굴 톤과 너무 안 맞는다면 그 원피스를 입되 나에게 어울리는 색깔의 스카프를 늘어트리면 된다. 마음에 드는 스커트가 있는데 뚱뚱해서 못 입겠다면 수선실에 가서 늘여서라도 입으면 된다.

10년, 20년 전에 산 블랙 원피스가 있다. 이제는 너무 촌스러워서 입을 수가 없는데 너무 비싼 옷이어서 버리기는 아깝다. 이럴 때 어떻게 해야 할까?

먼저, 왜 그 옷이 촌스러워 보이는지 원인을 찾아야 한다. 예를 들어 '허리 라인이 너무 잘록하게 드러나는데 그 위에 기장이 짧은 볼레로를 매치해 허리 라인을 더 강조하는 것이 당시 유행이었으니 지금은 촌스러울 수밖에' 하고 말이다. 그렇다면 지금은 어떻게 입어야 할까? 허리 라인이 안 보이게끔 그 위에 다른 아이템을 겹쳐 입어야 한다. 이를테면 원피스 위에 굵은 실로 짠 니트를 입어 촌스러워 보이는 라인만 가리면 된다.

그런데 사람들은 그렇게 생각하지 않는다. 그 잘록한 허리 라인이 예뻐서 샀으니까, 이제 그 라인이 촌스러우면 못 입는다고 생각한다.

솔직히 말하자면 그런 원피스는 애초에 사지 않는

것이 맞다. 그런 원피스는 내 체형이 무너지면, 허리 라인이 무너지면 못 입는다는 것을 예상했어야 했다. 그때 100만 원을 주고 산 것이 아까워서 지금 입지도 못하는 옷을 걸어 두고 언젠가 입거나 어울리는 사람에게 줘야지 하는데, 버려야 한다.

애물단지가 되는 옷을 사면 안 된다. 그런 옷을 사는 것은 옷을 보는 관점이 잘못됐기 때문이고 현명하게 선택하지 못한 까닭이다. 이 옷을 나중에도 어떻게든 내가 입겠다, 살이 찌면 잘라서 스커트를 만들어서라도 입겠다 할 만큼 마음에 들면 100만 원이든 200만 원이든 사야 한다. 몇 년 동안 입을 수 있고 그동안 어떻게 입을 것이며, 체형이 변했을 때는 어떻게 개조할지 그려지지 않으면 눈 딱 감고 내려놓아야 한다. 만약 그래도 사고 싶다면, 나중에 그 원피스를 버릴 시점이 오면 과감히 버릴 수 있다는 마음으로 사야 한다.

작은 키, 통통한 몸매에 숨은
나만의 핏을 찾아라

미용실에 가면 미용사의 손길이 바빠짐과 동시에 내 무릎 위에 펼쳐 놓은 잡지에서 별자리 운세만큼이나 눈여겨보는 꼭지들이 있다. 나름 통계를 바탕으로 체형, 얼굴형, 피부 톤 등에 따라 추천과 비추천으로 나누어 정답을 알려 주는 듯한 패션 정보 글이다.

'키가 작은 사람이 입을 원피스로는 무릎 위까지 오는 길이에 어깨가 맞고 허리 라인이 들어간 A라인을 추천. 퍼프소매에, 잔잔한 꽃무늬는 당신을 소녀로 만들어 줄 것이다.'

잡지에 적힌 대로 입어 봤더니 세상 어색하고 우스꽝스러웠다. 내 짧고 굵은 다리는 더욱 돋보였고 정말이지 나에게 안 어울렸다. 키는 작아도 몸매가 야리야리하고 아주 예쁜 구두를 매칭할 줄 아는 멋쟁이라면 물론 예뻤으리라.

내 경험에 나는 무릎을 완전히 덮어 골반부터 일자로 곧게 내려오는 스커트(H핏, 펜슬 핏, 슬림 핏)에 9센티 하이힐을 신은 모습이 훨씬 예뻤다.

허리가 잘록한 원피스보다 어깨와 소매 구분 선이 없는 래글런 소매가 달리고 통으로 떨어지는 원피스, 또는 바지 위에 튜닉을 입고 롱부츠로 종아리를 완벽히 숨겨야 내 쇼트커트 머리와 잘 어울려 보였다.

그 뒤로 나는 출처를 알 수 없는 패션 공식들을 의심했고, 내가 입는 방식을 가게 손님들에게 적용하며 나만의 데이터를 쌓아 갔다.

깡마른, 정말이지 깡마른 몸매에 키가 170센티는 족

히 되어 보이는 손님이 들어온다. 여성 A. 길게 뻗은 다리가 부러울 법도 한데, 발목까지 조이는 스키니 청바지를 입어서 벌어진 허벅지와 그 아래에 맞붙은 무릎, 다시 벌어진 종아리가 그대로 드러난다. 골반까지 내려오는 넉넉하고 박시한 니트는 멋지지만, 글쎄…. 마른 다리 외에 그 어떤 것도 눈에 들어오지 않는다.

하얗고 통통한 얼굴에 이목구비가 시원시원해 예쁘장한 손님이 들어온다. 여성 B. 아코디언처럼 일정한 간격으로 주름이 잡힌 무릎 기장의 플리츠스커트에 리본 장식이 있고 레이스가 귀여운 블라우스를 입었다. 팔뚝과 가슴, 옆구리에 제법 살이 붙었다. 뒤쪽으로 더 들린 스커트는 역시나 글쎄.

중학교를 갓 졸업한 여학생처럼 앞머리를 내린 단발에 안경을 쓴 40대 중반의 여성 C. 마르지도 통통하지

도 않은 지극히 평범한 사이즈에 작은 키. 번들번들한
광택이 있는 실크 줄무늬 셔츠의 단추를 목 끝까지 채
우고 소매 단추도 야무지게 싹 채웠다. 등 뒤에서 허리
를 잡은 버클 장식이 달린 니트 조끼는 엉덩이를 충분
히 가려 주지 못한 채 축 처진 날개처럼 힘없이 양옆으
로 늘어져 있다. 엉덩이가 반질거리는 검정 정장 바지는
일자인지 세미인지 모를 만큼 여유 있는 핏에 바지 밑
단은 발등까지 올라온 신발 위에서 Z자를 그리며 구겨
져 있다. 밑창이 두꺼운 키높이 신발은 무거워 보일 뿐
그 효과를 내지 못해 작은 키가 여실히 드러났다.

　세 여성은 고른 옷을 몸에 대어 보며 공교롭게도 나
에게 같은 질문을 던졌다.
　"뚱뚱해 보이지 않아요?"
　옷 가게에 온 손님들이 가장 많이 하는 질문이다. 내
대답은 절대 단답형일 수가 없다.

깡마른 여성 A에 대한 나의 솔루션은 '더 이상 잘못 말라보이지 않기'다. 마른 몸을 장점으로 변신시키는 것이다.

"손님은 얼굴이랑 손만 봐도 말랐다는 걸 누구나 알수 있어요. 마른 것과 날씬한 것은 다르지만, 말라 보이는 걸 강조하시려는 게 아니라면 늘씬하고 호리호리해 보이게 입으시면 어떨까요?"

스판기가 전혀 없고 복숭아뼈까지 내려오는 세미 핏 청바지(일자에 가깝지만 아랫단이 좁아지는 청바지)를 권한다. 입고 있던 박시한 니트는 그대로 놔두고 보드라운 비스코스레이온(인조 실크)으로 만든 포근한 컬러의 스카프를 목에 적당히 감싸듯 한 바퀴 둘러 그대로 떨어트린다.

스카프 위로 또렷이 보이는 턱선이 세련된 이미지를 주기에 충분하다. 휑한 목과 쇄골을 가리고 나니 봉긋 솟은 어깨 끝에서 손끝까지 툭 하고 떨어지는 긴 소매

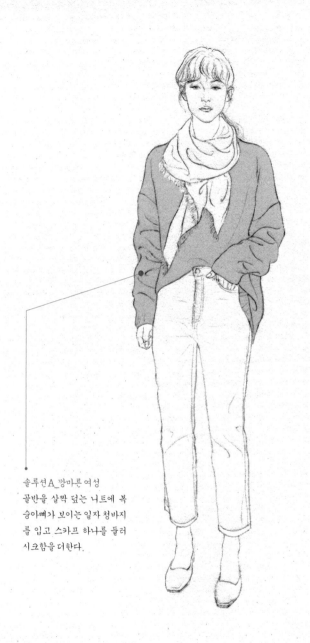

솔루션A_깡마른 여성
골반을 살짝 덮는 니트에 복
숭아뼈가 보이는 일자 청바지
를 입고 스카프 하나를 둘러
시크함을 더한다.

니트가 여리여리한 분위기를 자아내며 니트 밑단은 힘 있는 데님과 만나 주머니 위치에 편안하게 자리 잡는다.

어깨부터 골반까지 박시하게 내려오는 니트가 드디어 제구실을 한다. 제 주인을 호리호리하고 여리여리해 보이게 하는 동시에 고급스런 분위기다.

복숭아뼈에서 톡 하고 떨어지는 청바지는 가장 흔한 색상의 데님 소재이지만 충분히 멋스럽다. 앙상한 다리가 보이지 않을 뿐 아니라 허벅지와 종아리 사이가 벌어진 것조차 알 수가 없다.

신발은 힘줄이 시원하게 보이는 가벼운 소재의 단화를 추천하며 노란 고무줄로 손님의 긴 머리를 사정없이 틀어 올려 똥 머리를 만들어 준다.

통통한 여인 B에 대한 나의 솔루션은 예쁜 얼굴에 귀 티를 더하기.

"손님은 통통하지만 피부가 하얗고 이목구비가 정말

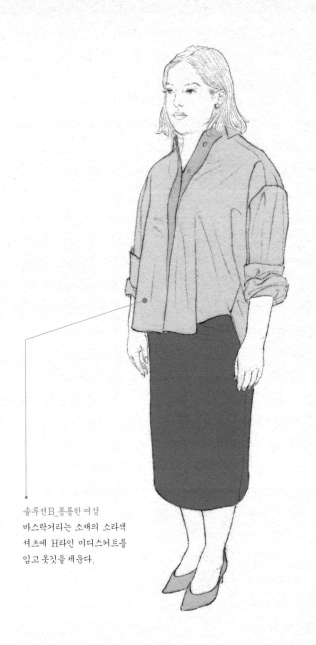

솔루션B_통통한 여성
바스락거리는 소재의 소라색
셔츠에 H라인 미디스커트를
입고 옷깃을 세운다.

예뻐요. 어차피 무엇을 입든지 날씬함에 대한 갈증은 가시질 않을 테니 아예 스타일을 바꿔 보시는 건 어떨까요?"

앙증맞은 리본과 레이스가 달린 차림으로 미루어 볼 때 여성스러운 스타일을 선호할 것이라는 가정 아래, 무릎보다 조금 아래 기장의 슬림한 스커트를 권한다.

적당히 힘이 있고 바스락거리는 면 소재의 박시한 셔츠를 입히고 위쪽 단추 두 개를 풀어 뒤로 살짝 젖혀서 브이넥으로 보이게 하되 깃 뒤쪽을 펴서 목뒤에 접힌 살을 가린다. 뒤쪽은 엉덩이를 충분히 가리는 반면 가슴 때문에 앞쪽 밑단이 들려 앞뒤 기장이 다른 언밸런스 셔츠로 보이고, 소매를 두 번 접어 걸어 올려 경쾌한 이미지를 더하니 시원시원한 이목구비가 그제야 빛을 발한다.

정갈하지 않게 대충 손가락으로 가른 머리를 한쪽으로 몰아 진주 장식이 달리고 공단으로 만든 수제 리본

핀으로 고정하고 나니 작은 진주 귀고리가 '나 여기 있었어요' 한다.

충분하다. 충분히 여성스럽고 고왔다. 뽀얗고 하얀 피부는 부잣집 며느리 같은 분위기를 자아내기에 충분했다. 앞코가 날렵하고 굽이 너무 얇지 않은 4센티의 구두를 권하는 것도 잊지 않았다.

평범한 중년 여성 C에 대한 솔루션을 내기가 가장 어렵다. 앞머리가 있는 단발과 안경. 어떤 스타일을 추구하는지 전혀 알 수 없는 차림을 보고 있자니 날씬해 보이는 옷을 골라 주는 게 무슨 의미가 있을까 하는 의문이 든다.

쇼핑을 한참 전에 한 듯한 광택이 도는 실크 줄무늬 셔츠와 바지로 미루어 짐작할 때 쇼핑을 즐기지 않고 앉아서 일하는 시간이 많을 것으로 가정하고, 구김이 잘 가지 않으면서도 톡 하고 떨어지는 검은색 정장 바지를 권한다.

"손님, 혹시 괜찮다면 바지를 먼저 바꿔 입어 보시겠어요?"

어기적거리며 피팅 룸을 나온 손님이 거울 앞에 서기 무섭게 나는 자세를 낮추고 밑단을 안으로 접어 핀으로 고정하고는, 서 있으면 발목이 보이지 않지만 앉으면 복숭아뼈까지 올라가는 기장이라고 설명한다. 어떠한 기교도 부리지 않아 점잖아 보이되 앞코가 예쁜 6센티 구두를 신긴다.

목이 답답해 보여서 실크 줄무늬 셔츠의 단추를 두 개 푼다. 니트 조끼 대신 검정 브이넥 니트를 입히고 셔츠 깃과 소맷부리만 보이도록 소매를 걷어 올린다. 시커멓게 보일 뻔한 올 블랙 의상에서 언제 샀는지 알 수 없던 실크 줄무늬 셔츠가 산뜻한 스카프 같은 구실을 한다.

광택이 도는 실크 소재를 돋보이게 하기 위해 알이

작은 진주 목걸이를 보일 듯 말 듯 셔츠 안쪽으로 걸어 고급스러운 분위기를 더한다. 니트 밑단이 적당히 조이듯 골반 위치에서 자연스레 마무리되자 손님 안경은 "나 전문직 종사자야"라고 말한다.

"손님, 괜찮으시면 앞머리 좀 걷어도 될까요?"

스타일링을 마음에 들어 하던 손님은 당황한 듯하면서도 "머리도 만지세요?" 하며 스스로 앞머리를 걷는다. 적당히 톡 튀어나온 이마. 예뻤다.

"아니, 이렇게 예쁜 이마를 왜 가리고 다니세요? 훨씬 시원하고 얼굴형도 달걀형이어서 예쁘시구먼, 얼굴도 안 큰데…"

돌아오는 대답은 역시나.

"앞머리가 있어야 어려 보이잖아요!"

"어려 보이는 것보다 전체적인 분위기가 손님 나이와 이미지에 맞는 게 더 낫지 않을까요?"

"이그, 내 나이 돼 봐요. 자긴 어리니까 아직 몰라."

　세 여성에 관한 내 솔루션은 모두 구매로 이어졌고 그 뒤로 매장에 오면 그분들은 늘 나를 찾았다.

　세 사람의 공통점은 뚱뚱해 보이지 않는 옷을 찾는 것에서 어느새 달라진 자신의 모습에 집중했다는 것이다. 달라졌다기보다는 새로운 모습을 찾았다고 하는 것이 적절할 것이다.

　생각해 보지 않은 시도, 낯선 사람이 권하는 것을 입어 보는 수고, 어색하지만 바꿔 보겠다는 의지가 만들어 낸 결과이기도 하다.

입고 있는 옷이, 스타일이
곧 그 사람이다

나는 스타일이 좋은 사람을 보면 그 사람이 궁금해진
다. 저 사람은 집을 어떻게 꾸며 놓고 살까? 어떤 영화
를 좋아하고 어떤 음악을 들을까? 인생에서 중요하게
여기는 가치는 무엇일까? 저렇게 본인의 스타일을 잡는
데 어디서 영감을 얻었을까?

　단순히 체형을 커버하고 날씬해 보이는 예쁜 옷이 아
니라, 누구나 알 법한 로고가 떡하니 박힌 명품 옷이 아
니라, 진짜 자신을 표현해 주는 옷을 입은 사람. 옷으로
내가 어떤 사람인지 온전히는 나타내지 못해도, 적어도

자신이 보여 주고자 하는 이미지는 전달할 줄 아는 사람. 그리고 그 이미지에 일치하는 그의 삶이 엿보인 순간 "아!" 하는 감탄과 함께 "멋지다"는 말이 절로 튀어나온다.

오래전, 삼청동 정독도서관 뒷길 의류 매장에서 근무하던 시절. 선선한 바람이 기분 좋은 어느 늦봄 평일 오전이었다. 예쁜 카키색 바지에 워싱이 잘된 회색 반팔 티셔츠를 입고, 카키색을 살짝 머금은 밤색 중절모자를 쓰고 골목길 끝에서 걸어 내려오는 남자가 있었다.

내 시선을 사로잡은 것이 분위기였는지, 스타일이었는지는 모르겠는데 그저 참 멋있어서 눈을 뗄 수가 없었다. 서두르지 않고 천천히, 기분 좋게 거니는 걸음걸이하며, 살짝 그을린 듯한 팔뚝에 무심히 찬 시계. 스니커즈인지 등산화인지 아무튼 그 핏을 전혀 해치지 않는 신발까지 모두 멋졌다. 나는 길 가던 여자들이 아는 체하며 사인을 요청하기 위해 몰려드는 모습을 보고서야 그 멋진 남자가 유해진 씨라는 것을 알았다.

'아, 연예인의 오라aura인가.'

한순간은 그렇게 생각했다. 그런데 사람들의 사인 요청을 아주 정중하고 차분하게 거절하는 그의 행동에 완전히 반하고 말았다.

"죄송합니다. 잠깐 산책하러 나온 길이라서요."

비록 내가 들은 그의 목소리는 그게 다였지만 말소리와 그 속도, 몸짓이 그가 어떤 사람인지 다 말해 주는 듯했다. 그의 말에 홀린 듯 나는 산책하러 나온 유해진 씨의 시간을 제발 더는 방해하지 말자고 생각하면서 내 갈 길을 갔다. 그리고 십 몇 년이 지난 요즘 〈삼시세끼〉와 〈스페인하숙〉에서 보았던 그의 모습은 그때 모습 그대로였다. 자신만의 속도를 가진 사람, 소소한 일상의 여유와 행복에 충실한 사람.

내가 멋지다고 생각하는 배우 윤여정 씨. 〈윤식당〉에

서 예쁜 앞치마를 두르고 젊은 연기자들과 자연스런 케미를 만들어 내는 모습이 참 보기 좋았는데 그보다 더 인상 깊은 모습은 그이가 사이사이 영어를 구사할 때였다. 영어를 한다고 의식하며 발음을 굴리지 않고 원어민처럼 발음하려 애쓰지도 않고, 우리말을 할 때와 같은 음성으로 조곤조곤 말하는 모습이 어찌나 자연스러운지. 그 모습을 보면서 그분이 즐겨 끼는 안경, 선글라스, 흰색 셔츠, 검정 바지가 차례로 눈에 들어왔다. 하나같이 과하지 않고 단순하면서도 편안해 보였다.

저 나이에, 저렇게 말랐는데도 쌩얼에 반바지에 면티셔츠만 입었을 뿐인데 어떻게 초라하지도, 어색하지도 않을 수 있단 말인가! 젊은 출연자들 사이에서 독보적인 포스를 뿜는 당당하고 멋진 여성.

스타일이란 그래야 한다고 생각한다. 그 사람이 하고 있고, 입고 있는 모든 것이 오롯이 그 사람이어야 한다. 자신이 어떤 사람인지 단번에 알릴 수 있는 명함은 세상에 존재하지도 않거니와 설사 존재하더라도 그것을 대놓고 목에 걸고 다닐 수는 없는 노릇이다. 그러니 옷으로, 스타일로 자신을 표현할 줄 알아야 한다.

옷은 우리가 태어나면서부터 죽을 때까지, 아니 죽어서도 입으니 선택이 아니라 의무 같은 것일지도 모르겠다. 매일 먹어야 하고 누워야 하듯이 입어야만 하는 일상이다.

직업에 따라, 나이에 따라, 수입에 따라 저마다 선택의 폭은 다르겠지만, 옷은 살아가는 데 누구에게나 필요한 기본 요소다. 옷을 고르는 기준 역시 저마다 달라야 하는데, 내가 만난 수많은 여성 손님은 그 기준이 다양하지 않았다.

- 뚱뚱해 보이지 않는 것, 날씬해 보이는 옷.
- 나이 들어 보이지 않는 것, 어려 보이는 옷.
- 더 자주 입을 수 있는 것, 편하게 입을 수 있는 옷.

요약하면 이렇게 세 가지다. 그러나 이제는 달라져야 한다. 판에 박힌 기준이 아니라 자신만의 기준을 세워야 한다.

우리 가게에 오는 손님들에게 자주 듣는 말이 있다.

"제가 허벅지가 굵어서요, 허벅지를 가리면서 날씬해 보이는 옷 좀 추천해 주세요." "제가 팔뚝이 굵어서…." "제가 얼굴이 커서…." "제가 골반이 넓어서…." "제가 다리가 짧아서…."

자기 몸에서 단점이라고 여기는 부위를 가리는 데 초점이 맞춰 있고 그 뒷말은 무조건 '날씬하고 예뻐 보이는 것'으로 끝난다.

옷 하나 잘 입는다고 해서 굵은 허벅지가 날씬해 보이거나, 굵은 팔뚝이 가늘어지거나, 큰 얼굴이 작아지지 않는다. 그런 요행은 바라지 않으면 좋겠다. 설령 그런 옷이 있다 하더라도 뭐 얼마나 날씬해 보이고 가늘어보일 것이며 작아 보이겠는가.

'본판 불변의 법칙.'

언제부터인지 난 이 말을 받아들이고 살고 있는데 그게 참 속이 편하다.

어떻게 입어도 내 키가 170센티로 보일 수 없고, 내 몸매가 전지현이 될 수 없으며, 내 얼굴이 김태희가 될 수 없다는 것을 받아들이면 된다.

내 키가 작다는 사실을 받아들이고 내 굵은 종아리를 인정하고 나니 표현하고 싶은 내 이미지를 연상하는 일이 훨씬 수월해졌다. 내가 키가 작다는 조건과 마음에 드는 중성적인 스타일을 기준으로 시작했듯이 모두가 자신에게 집중해 보길 권한다.

허벅지는 좀 굵지만 피부가 좋고 여성스러운 스타일을 좋아한다든지, 팔뚝이 좀 굵어서 그렇지 다리가 길어서 바지 핏이 참 예쁘다든지, 얼굴이 작지는 않은데 어깨가 넓은 편이어서 재킷이나 셔츠가 참 잘 어울린다든지…. 자신이 가진 몇 안 되는 단점보다 그 단점을 보완할 수 있는 장점을 찾아보면 좋겠다.

모든 사람이 옷을 잘 입으면 좋겠다. 돈 들이고 시간
들여 사는 옷, 기왕이면 남들과 다른 자신을 돋보이게
하는 구실을 톡톡히 해내면 좋지 않은가.

입고 싶은 옷보다
되고 싶은 사람을 떠올리자

우리 매장에서 만난 손님 중에 은행에서 근무하는 과장님이 있다. 키는 160센티 남짓 될까? 팔뚝이 굵은 편이고 상체 사이즈는 66, 하체 사이즈는 77에 가깝다. 처음 만났을 때 순진한 눈웃음이 무척 인상적이었다.

그이는 직급이 올라가면서 PB 룸(VIP 손님을 상대하는 공간)에서 근무해야 하는데, 마주해야 하는 고객들이 보기에 초라하지 않고 존재감을 나타낼 수 있는 스타일이 필요하다고 했다.

먼저, 정직한 투피스를 벗기기로 했다. 너무 정직해

서 고루해 보이기까지 하는 허리 라인이 잘록한 재킷에 어정쩡한 폭의 검정 바지 정장.

과장님에 대한 첫 솔루션은 그 선한 눈웃음과 화장기 없는 하얀 피부가 돋보이도록 최대한 점잖은 컬러를 선택하는 것이었다. 점잖으면서 존재감이 확실한 블랙. 기존 스타일과 다른, 낯선 디자인을 시도할 때에는 익숙한 컬러를 선택하는 것이 좋다. 블랙은 날씬해 보이는 장점을 지닌 컬러이기도 하다.

과장님은 어깨가 넓지는 않지만 아이를 키우며 발달하게 된 팔뚝이 어깨의 연장선처럼 보였다. 내가 권한 아이템은 어깨선 구분이 없이 자연스레 내려오는 래글런 소매의 블랙 블라우스였다. 광택은 없지만 차르르 떨어지는 폴리에스터 소재의 라운드 네크라인이 깔끔한 디자인.

하의로는 블라우스와 가장 비슷한 느낌이 나는 원단이면서 적당히 힘이 있고 스판이 아주 살짝 혼용된 슬랙스를 매치했다. 그렇게 입히고 보니, 엉덩이에 살이 있는 체형이라 블라우스가 엉덩이를 완전히 덮지 않은 것이 신경 쓰일 것 같아 실내에서 걸치고 있기에 부담 없는 H핏 회색 롱 조끼를 권했다. 조끼 안쪽으로 골드와 블랙, 화이트가 조합된 실크 스카프를 걸쳤다. 아주 조금만 보이게 하는 것이 포인트다. 대놓고 '나 멋냈어요'가 아니라 그게 옷에 붙은 장식인지, 스카프인지 모를 만큼만 보이도록 했다.

단정한 라운드 네크라인과 고급스러운 소재는 과장님의 점잖은 성품까지 나타내 줄 것이다. 슬쩍 보이는 스카프는 여성으로서 이 직급까지 올라오면서도 여유를 잃지 않고 자신을 꾸밀 줄 아는 센스가 있음을 표현해 줄 것이다. 단정하면서도 힘 있게 떨어지는 롱 조끼에는 직장 내 자기 위치에서 만나는 사람들에 대한 예의를 갖추겠다는 의지를 담을 수 있다.

나의 이런 염원이 담긴 룩은 성공적이었다. 그렇게

선배의 출근룩
회색 롱 조끼에 골드와
블랙, 화이트가 조합된
실크 스카프를 두르면
고급스러운 룩을 연출
할 수 있다.

시작된 인연은 6년째 이어지고 있는데 현재는 차장으로 승진했다. 물론 스타일이 아주 좋은 멋쟁이 상사로 말이다.

블랙을 입으면 칙칙해 보인다는 생각은 아주 일차원적인 발상이다. 블랙은 모든 컬러를 수용할 수 있는 포용력이 화이트만큼이나 넓다. 디자인이 소박하든 화려하든 무엇을 걸치고 매달든 실패할 확률이 적다는 얘기다. 중요한 건 컬러보다도 핏, 어떤 핏의 옷을 입느냐다. 내 몸매가 어떻게 보이는지를 고려해서 디자인을 선택할 줄 아는 사람은 블랙 티셔츠에 블랙 바지를 입어도 멋이 난다.

비슷한 장식이 달린 옷이라도 어떤 디자인이냐에 따라 분위기가 매우 달라진다. 예를 들어 중년 여성이 8부 블랙 레깅스를 입고 있다. 레깅스 옆단에는 주름이 잡혀 있고 그 주름 주변으로 핫피스(옷에 붙이는 큐빅)가 반짝인다. 상의는 엉덩이를 충분히 덮는, 메시(망사) 소재에 레이스가 더해진 부들부들한 원단의 블랙 롱 티셔츠를 입었다. 어깨와 가슴은 붙으면서 아래로 여유롭게 넓어지는 A라인의 미니원피스가 연상되는 룩이다.

또 다른 날에는 골반에서부터 밑단까지 일자로 툭 떨어지는 블랙 통바지를 입고 있다. 상의는 보트넥(배의 바닥 모양처럼 옆으로 넓은 네크라인)으로 목과 쇄골이 예쁘고 시원하게 드러나고 어깨선이 없는 가오리 핏의 7부 소매 셔츠를 입었다. 셔츠에는 검정색 스팽글이 빼곡히 장식되어 은근하게 반짝이는 디자인이다.

똑같이 블랙을 입었고, 반짝이는 포인트를 선택했다. 하지만 '같은 사람이 맞나' 하는 의심이 들 정도로 느낌이 전혀 다르다. 물론 같은 사람이라면 이렇듯 극단적으로 다른 옷을 가지고 있기는 쉽지 않지만. 중요한 건 단순히 컬러가 아니라는 얘기다. 같은 블랙이지만 어떤 소재의 어떤 핏으로 연출하는지가 더 중요하다는 것이다.

　무엇을 사든 그건 본인의 선택이다. 다만, 내가 어떻게 보이면 좋겠는지, 어떤 사람으로 표현되고 싶은지를 생각한다면 선택이 달라질 수도 있다. 그저 편해서, 예뻐서 입는 것이 아니라 내가 어떤 모습으로 나이 들면 좋겠다 하는 바람을 담는다면 옷을 고르는 고민의 시간이 조금 더 길어질 것이다. 하지만 그 또한 충분히 치러야 하는 즐거운 고통이다.

쇼핑 친구의 옷 훈수,
정말 믿을 만한가?

친구나 가족, 지인들과 나서는 쇼핑은 아이쇼핑으로 그
치길 바란다. 그래도 혼자 가는 쇼핑이 두렵다면 다음
질문에 답해 보자.

- 나에게 훈수를 두는 친구는 진정 스타일이 좋은가?
- 나를 뼛속까지 알고 있는 절친일수록 독이 될 수 있
  음을 인정하는가?
- 그 친구와 동행했던 쇼핑의 기억을 되살려 보자. 성
  공한 적이 있는가?

● 쇼핑을 함께해 준 친구에게 돈을 쓸 각오가 되어 있

는가?(동행인의 밥값에 커피값까지 기꺼이 내는 것이 매너다.)

매장에 삼삼오오 몰려오는 친구들이 있다. 단 한 사람을 봐 주기 위해서. 정작 옷을 입어 보는 사람은 말이 없는데 친구들이 한마디씩 늘어놓는 경우가 있다.

"야, 아까 처음 입은 게 낫다."

"아니야. 처음 것은 나이 들어 보이지 않았어? 이게 더 낫구먼."

"무슨 소리야. 둘 다 어디서 많이 본 것 같은데? 너 그런 거 많지 않아? 다른 거 더 입어 봐, 입어 보는 데 돈 드냐?"

실로 기가 막히는 상황이다. 한쪽에 미소를 머금고 서 있는 매장 직원은 꾸어다 놓은 보릿자루인가?

"친구분들이 잘 봐 주시니까 든든하겠어요. 고객님은 어떠세요?"라고 묻는 직원의 목소리를 뒤로하고 눈

은 이미 다른 옷들로 향한다.

누가 봐도 단짝이네 하고 매장에 들어오는 경우도 만만치 않다.

"이거 어때? 나 이런 거 입고 싶은데."

"야야, 그거 사서 네가 몇 번이나 입겠냐? 그거 입고 갈 데는 있어? 너 바지 본다며 갑자기 원피스야?"

"이런 거 하나 있음 여행 갈 때 입어도 좋고 괜찮지 않아?"

"야야. 너 돈 있어? 지난달에 카드값도 장난 아니었다며. 언제 갈지도 모르는 여행, 그때 가서 사면 되지. 아, 배고파. 바지나 보고 빨리 밥 먹으러 가자."

아니, 대체 왜 같이 쇼핑을 하는가?

내 경험에 비추어 보면 같이 온 친구보다 옷을 사려는 당사자의 감각이 더 나은 경우가 많다. 필요한 옷인지 아닌지를 친구가 판단하는 것은 지나친 오지랖이다.

당사자는 필요하니 쇼핑에 나섰을 테고, 맘에 드니 입어 봤을 테고, 뭐라도 한 벌 사야 풀릴 듯한 스트레스 상태에 빠 있는 말들로 기름을 붓지는 않는지.

그저 친구한테 어울리는 옷인지 아닌지만 성의 있게 봐 주면 된다. 교환도 환불도 당사자가 해야 하는 수고이고, 그 수고가 쌓여 본인 스타일을 찾는 것이거늘 그런 훈련의 기회를 막아서려는 게 아니라면 말이다. 이렇게만 말해도 동행인의 역할은 충분한 것이 아닐는지.

"응, 그런 것 하나쯤 있어도 좋지. 네 맘에 들면 입어봐. 네가 평소 입던 스타일은 아니라 어색하긴 한데 그렇다고 맨날 바지만 입진 않으니까. 너 지난달에 힘들었다면서 둘 다는 오버고 당장 입을 바지 있으면 원피스에 도전해 보든지."

오롯이 혼자 하는 쇼핑은 옷에 대한 판단력을 키우기에 가장 좋은 방법이다. 마음이 바뀌면 교환하거나 환불하면 그만이다. 사 놓고 입지 않아서 속상해도 해 보라. 그러면서 옷뿐 아니라 무엇을 사든지 좀 더 진지하고 신중해진다. 교환이나 환불하는 수고의 빈도가 줄어들 즈음이면 그만큼 내공이 쌓인 거다. 내가 좋아하고 즐겨 입는 옷이 무엇인지 알게 되고 단골 매장이나 브랜드가 생길 것이다. 그렇게 차곡차곡 나만의 스타일이 모아진다.

목단 스타일로 인생이 달라진 사람들

스타일을 바꾸고 인생이 달라진 사람들이라….

떠오르는 고객이 정말이지 한두 분이 아니다. 마음 같아서는 짧게나마 모두 다 언급하고 싶지만, 끊임없는 자화자찬 대잔치가 될까 봐 참아 본다.

목단을 알고 나서 전에 없던 자신감이 생겼고, 맡은 바 역할을 즐겁게 해 나간다고 말해 주는 고객들. 그들 덕분에 힘들어도 오뚝이처럼 다시 일어날 수 있었다.

오늘도 어김없이 많은 분이 매장 문을 열고 들어온다. 저마다 다른 목적과 사연을 안고 오지만, 적어도 스타일에서는 양보도 타협도 없다. 평소에 즐겨 입는 스타일을 고수하면서 변화를 꿈꾼다면 번지수가 틀렸다.

바뀌고 싶지만 어디서 어떻게 시작해야 할지 모른다면서도 기존에 선호하는 색상과 핏을 내려놓지 못하는 옹고집은 잠시 접어 두기를 부탁해 본다.

그래야 변할 수 있고 바뀔 수 있다. 애초에 거울에 비친 자기 모습이 지겹고 시큰둥해 찾아 나선 걸음 아닌가. 부디 믿고 맡겨 보시라. 그 결과가 궁금할 터, 다음 몇 가지 사례를 참고하시라.

소개팅 스타일링

마흔 살에 박사과정을 밟는 여성분이 있었다. 미혼이던 그이는, 소개팅을 하는데 무엇을 입고 나가야 할지 모르겠다며 우리 매장을 찾아왔다. 단발머리에 얼굴에 귀티가 흐르고 귀여운데 옷은 정말 못 입었다.

나는 펜슬라인의 스커트를 제안했다. 몸매가 동글동글하고 통통하지만 다리 라인과 엉덩이가 예쁘기 때문이었다.

나는 그이가 데이트룩을 스타일링 받으러 오면 먼저 상대방에 대해 물어본 다음에 내 의견을 제시했다.

"처음 만나는 사람이에요? 그럼 오늘은 똑 떨어지게 가요."

"그 남자, 변호사예요? 그럼 늘 정장 입은 사람들을 보니까 정장은 재미없어요. 편안한 니트로 가요."

그 스타일링이 상대에게 먹혔다. 상대를 두 번째로 만나는 날 청바지를 제안했다.

"오늘은 지난번과는 다르게 분위기를 확 바꿔 봐요. 청바지에 셔츠를 입으면 어때요? 셔츠 단추 두 개를 꼭 푸시고요."

마치 내가 데이트를 계속 같이하는 기분으로 그이에게 스타일링을 제안했다. 세 번째 만날 때는 차를 타고 교외로 나간다고 해서 원피스를 제안했다. 편하기도 하지만 반전을 꾀하면서도 혹시 모를 피크닉에 대비하기 위해서였다. A라인의 원피스를 입으면 피크닉 매트에 앉았을 때 다리 모양이 가려질 수 있기 때문이다.

그이에게 데이트룩을 제안하면서 항상 이렇게 말했다.

"꼭 지금 만나는 남자가 인연이라고 생각하지 마요. 동네에서 손님을 눈여겨보는 남자가 있을지도 모르잖아요. 그러니 동네를 오갈 때도 예쁘게 입고 다니세요. 집 앞에 나갈 때도 이 청바지 핏에서 벗어나지 말고 평소에도 꼭 셔츠를 입고 다니고요. 손님은 목이 굵고 얼굴이 작은 편은 아니니까 셔츠 깃을 살짝 세워서 샤프한 인상을 심어 줘야 해요."

얼굴이 전체적으로 동글동글한 인상이기 때문에 신발은 절대 뭉뚝한 걸 신지 말라고 조언했다. 코가 날렵한 구두를 신어 발이 섹시해 보여야 한다고 강조했다.

결과는 성공이었다. 그 손님이 결혼을 하고 신혼여행 갈 때도, 임신하고 아기를 낳으러 병원에 갈 때도 나에게 스타일링을 받았다.

옷으로 체형을 가리거나 극복할 수는 없다. 그러나 더 매력적이고 돋보이게 할 수는 있다. 자신의 단점보다 장점에 집중해서 이미지를 잘 살리면, 나만의 품위가 있는 사람으로 보일 수 있다. 옷으로 인해 생긴 자신감으로 얼굴에서 배어나는 당당함은 그 누구에게도 뒤지지 않는 독특한 매력이 된다.

회사 선배 스타일링

키가 크고 호리호리하고 목이 긴 손님이 있다. 마케팅, 홍보 일을 하는 그이는 목에 흉터가 있어 언제나 목을 가리는 옷을 입었다. 민소매든 긴팔이든, 사시사철 폴라 티셔츠에 아주 똑 떨어지는 정장만 입었다.

정장만 고집한다는 것은 사람을 대할 때 예의를 갖춰야 하는 직업에 몸담고 있다는 의미다. 그래서 정장처럼 보이는 스타일을 유지하면서 원단을 니트로 바꾸거나 기장이 긴 옷으로 스타일링했다.

그이는 나에게 스타일링을 받으면서 옷 입기에 재미를 들였다. 그이 처지에서는 내가 제안한 옷들이 아마 파격적이었을 것이다. 처음에는 자신이 키가 크고 말랐는데, 이렇게 입으면 너무 말라 보이거나 더 길어 보이지 않느냐고 걱정했다. 그래도 내 생각대로 옷을 입혔다.

"어차피 키가 크신데 다른 걸 입는다고 달라질까요? 키가 작아 보이는 게 좋으세요? 키가 큰 사람은 어디를 가든 눈에 띄어요. 그러면 멋이 있어야지. '역시 저 키니까 저런 옷도 입을 수 있지, 부럽다' 하는 소리를 듣는 게 낫지 않아요?"

그러다 보니 그이도 기장이 긴 스타일에 자신감을 갖기 시작했다. 그다음에는 소재가 조금 특이한 옷들을 제안했다. 그이 혼자 쇼핑을 한다면 절대 사지 않을 가죽 재킷이나 인조가죽 재킷을 권했다. 역시 그이는 멋지게 소화했고 만족해했다.

게다가 회사 사람들 반응이 좋았다고 한다. 생전 말

한 번 안 해 본 여직원들이 "차장님, 어디서 옷 사 입으세요?" "센스 있으세요"라고 말을 건넸고 후배들 사이에서 어느새 선망의 대상이 되었다고 한다.

최근에 그이에게서 연락이 왔다. 헤드헌팅 회사에 부사장으로 스카우트되었다는 소식을 전하며 말했다.

"대표님 덕분에 내 인생이 바뀐 것 같아요."

그이는 옷 스타일을 바꾸고 난 뒤로 언제부터인지 흉터를 의식하지 않게 되었고, 옷에 초점을 맞추다 보니 흉터 정도는 예쁜 스카프로 가리면 된다는 생각을 하게 되었다고 한다. 그때부터 자신감이 생기고 대외활동을 엄청 활발하게 하게 되었다며.

부사장으로 스카우트되어 첫 출근을 하자니 조금 걱정도 되었다고 한다. '나는 그 분야에 경력이 없는 사람인데 부사장으로 입사하면 그 업계 사람들이 나를 무시하지 않을까?' '내가 인정받을 수 있을까?'

첫 출근복으로 나는 편안하면서도 기품 있고, 고급

스러우면서도 편안한 인상을 주는 화이트나 아이보리 룩을 제안했다. 거기에 기장이 긴 조끼를 더해 '한 끗' 다르게 표현했다. 그런데 그 룩이 완전히 통했다. 나름 쟁쟁한 경력직 고수들이 생판 아무 경력 없는 여성 부사장에게 "부사장님, 센스가 좋으세요" "옷 너무 잘 입으시네요" 하면서 먼저 말을 걸었다고.

그이는 주 5일을 매일 다르게 입었다. 헤드헌터들은 천편일률적으로 정장을 입는데 본인만은 시폰 롱 원피스에 스카프를 늘어트리고, 양가죽 재킷을 입고 다니니 그 차림이 직원들 눈에 완전히 파격적으로 보였을 테다. 그러면서도 절대 싼티 나지 않고 고급스러워 보이는 데다 그이만의 오라가 더해지니 "저게 어느 브랜드 옷이지?" 하고 사람들이 궁금해했다고 한다. 옷에 관해 이야기 나누며 사람들과 자연스럽게 친해진 덕분에 너무 편하게 회사에 적응했다는 반가운 소식을 나에게 전했다.

상견례 스타일링

상견례 옷차림을 의뢰하는 데에는 이유가 있다. 예를 들어 우리 매장을 찾은 손님보다 상대방이 훨씬 잘사는 집안이라거나 늦은 나이에 하는 결혼이라거나, 홀어머니와 산다거나. 그렇지만 상대방 어른들에게 안 꿀렸으면 좋겠다는 마음으로 어머니를 모시고 온다.

상대방이 명품 중에서도 최상위 명품을 다 누리는 집안이라면, 나는 차라리 상견례에 듣도 보도 못한 브랜드의 옷을 입고 가는 것이 더 먹힐 수 있다고 말한다. 그 대신 스타일이 좋고 센스가 있어 보이면 된다고 말이다.

연세가 많은 홀어머니를 모시고 상견례 스타일링을 받으러 온 손님이 있었다. 나는 어머니가 고령이어도 격식을 갖추고 예의는 표하되 화려한 옷은 피하자고 제안했다.

그리하여 선택한 것이 은빛이 살짝 도는 연회색 노칼

라 재킷이었다. 그 안에 아이보리색 라운드넥 니트를 입히니 하의로는 스커트가 좋겠다 싶은데, 어머니가 오자다리여서 스커트는 잘못 입으면 휜 다리가 티 나기 십상이었다. 그래서 스판이 살짝 섞였으면서도 빳빳하고 톡톡한 소재에 일자로 떨어지는 세미 통바지를 입혀 드렸다. 니트와 재킷 사이에는 다른 색이 섞이지 않은 아이보리색 실크 스카프를 둘러 드렸다. 거기에 진주 목걸이를 하고 머리를 뒤로 넘긴 뒤 은은한 색의 립스틱을 발라 드렸다.

딸은 어머니의 모습을 보고 무척 감동했다. 어머니는 태어나서 처음으로 그런 바지를 입었다며 어색해하시더니 곧 마음에 들어 하셨다. 그날 어머니는 그 차림 그대로 상견례에 가셨다. 떠나기 전에 나는 이렇게 당부했다.

"어머니, 가셔서 상대방이 겉옷을 벗으면 어머니도 벗으시되 스카프는 절대 풀지 마세요. 어머니는 상체가 마르셨으니 식사할 때도 이 스카프는 꼭 하셔야 해요."

상견례를 다녀온 뒤 딸이 다시 찾아와서 말하기를, 어머니가 재킷을 걸어 놓고 상견례 내내 허리를 꼿꼿이 펴고 앉아 계셨다는 것이다. 그동안 한 번도 보지 못한 어머니의 그런 모습에 눈물이 나더라며.

호텔 인사과 직원 스타일링

20대 후반에서 30대 초반으로 보이는 여성. 호텔 인사과에서 일하는데 나이에 비해 빨리 승진한 경우였다. 그이는 타임이나 마임 같은 정장 브랜드 옷을 주로 입다 보니 옷값이 감당이 안 된다며 우리 매장을 찾았다. 값비싼 정장 차림이었는데 스타일을 보니 촌스럽지 않고 옷태도 좋아서 기본 감각이 있는 사람이었다. 다만 키가 크고 말랐는데 너무 정직한 사이즈로 딱 맞게 입어 세련되게 보이지 않았다.

나는 그이에게 몸이 말랐는데 이렇게 드러나게 입으면 어떻게 하냐고 한 소리 했다. 그 말에 그이는 충격적이라고 했다. 다른 옷 가게에서는 그런 말을 한 번도 들어 본 적이 없고, 이제껏 자신도 말라 보이는 게 예쁘다고 생각하며 살았다는 것이다. 내가 대놓고 말했다.

"마른 것하고 없어 보이는 것하고는 한 끗 차이예요. 호리호리해 보여야 예쁘지, 잘못 말라 보이면 없어 보일 수 있어요. 그렇게 보이면 절대 안 돼요. 일단, 조금 여유 있게 입어 봅시다."

나는 그이가 원래 입던 것보다 한 치수 크게, 본인이 크다는 느낌이 드는 치수를 제안했다. 그 대신 직업 특성상 정장 분위기에서 벗어나면 안 되기 때문에 회사에도 입고 갈 수 있는 룩을 만들어 주었다.

먼저 실크 느낌이 나는 원단의 셔츠를 골라, 입는 법을 알려 드렸다. 피팅 룸에서 셔츠 단추를 목 끝까지 채우고 나오기에, 셔츠는 그렇게 입는 게 아니라고 조언했다.

"위쪽 단추를 한두 개 풀고 입는 것이 좋은데, 회사

룰에 따라 모두 채워야 한다면 그렇게 하세요. 그 대신 소매를 걷는 것이 결례는 아니니까 무조건 소매를 걷으세요."

소매를 걷으면 편안하면서도 활동적이고 일할 때 전문적인 느낌을 준다. 손목에는 클래식한 검정 가죽 시계를 채웠다. 소매를 걷었으니 검정 가죽 시계가 더 잘 보였을뿐더러 주머니에 손을 집어넣을 때도 더 멋있어 보이고 신뢰감이 느껴졌다. H라인 펜슬스커트에서 시작해 일자 핏 바지, 통바지를 차례로 입어 보게 했다.

늘 정장 바지 차림이던 그이가 무릎을 살짝 가리는 H라인 펜슬스커트를 입고 출근한 날, 회사에서 반응이 아주 좋았다고 한다. 고위급 간부 중에 "이 친구처럼 옷을 입어라"라고 말한 사람도 있었다.

그 뒤에 나는 통이 넓은 슬랙스를 제안했다. 그이는 "이런 거 입어도 될까요"라고 걱정하면서도 마음에 들어 했다. 눈 딱 감고 회사에 입고 갔는데 사람들이 어디에서 샀느냐고 너도나도 물었다고 한다. 비싼 정장을 입었을 때는 한 번도 듣지 못한 옷 칭찬을 듣는가 하면 언제부터인지 주위 사람들이 "나 이런 거 살 건데 어떤 게 좋겠어?" 하면서 자문을 구해 오니 '내 스타일이 정말 좋아졌구나' 하는 생각이 들었다고 했다.

내가 권하는 옷을 입은 초기에는 '나이 들어 보이면 어떡하지?' '뚱뚱해 보이면 어떡하지?' 하는 걱정이 좀 있었다는 그이가 이제는 클래식 스타일이 뭔지, 세련되고 고급스러워 보이는 옷의 기장과 여유가 어떤 의미인지를 알았다고 했다.

그이는 회사 전 직원이 있는 자리에서 '회사에는 이렇게 입고 다니는 거다, 인사 팀 팀원들은 이렇게 입고 다니기 바란다'는 말을 듣기도 했단다. 옷차림에서만큼은 회사에서 롤 모델이 된 것이다.

항공사 사무장 스타일링

모 항공사에서 승무원 사무장으로 일하는 손님이 있다. '저러니까 결혼 못 하지' 같은 소리는 듣고 싶지 않은 골드 미스다. 정말 예쁜데 깍쟁이 같은 이미지도 있다. 승무원이니 전 세계를 돌며 고가의 좋은 물건을 많이 볼 텐데도 우리 가게 옷을 좋아한다. 가격이 저렴한데도 목단 옷을 입고 나가면, 전에는 듣지 못한 '센스 있다'는 소리를 듣는다며.

그 이유를 가만히 생각해 보니 '한 끗'의 차이였다. 일반 브랜드에는 없는, 살짝 굴려지는 목단만의 선이 그렇다. 처음 입었을 때는 자신이 뚱뚱해 보일 거라고 생각했는데, 남들에게는 여유 있는 모습으로 비친 것이다. 목단에서 옷을 사 입으며 안목을 키운 그이는 옷의 스펙트럼이 시나브로 넓어졌다. 한마디로 말하면 후배들이 보기에 무척 센스 있는 상사가 된 것이다.

그이는 후배들에게 꼭 명품이 아니어도 된다고 늘

말한다.

"팀장님은 옷을 어디서 사세요?" "그 옷 얼마예요?" 하고 후배들이 물으면 구체적인 정보를 공유하지는 않는다. 다만, "네가 입은 옷의 10분의 1 가격도 안 돼"라고 대답하는데 모두 깜짝 놀란단다.

나는 그이가 가지고 있는 이미지를 활용할 뿐이었다. 똑같은 옷을 입는다고 누구나 고급스러워 보이지는 않는다고 생각한다. 자신만의 오라가 있는 사람만이 옷을 '한 끗' 다르게 연출할 줄 안다. 그런 경우에 아무리 싼 옷을 입어도 남들은 값비쌀 것이라고 상상한다.

그이는 몇 십만 원을 호가하는 옷을 입은 사람보다 자기 스타일이 더 멋지고, 뭔가 뻔하지 않다는 데에 자신감이 있다. 그리고 독특한 옷들에 도전하기 시작했다. 정말 한두 번 입고 안 입을 것 같은 옷들. 그런 옷들을 목단에서 저렴하게 구입했다. 예를 들어 허리 양옆을 조여 묶는 겨울 조끼를 유명 브랜드 매장에서 보고 너

무 비싸서 내려놨는데, 목단에 비슷한 것이 있어서 구입
해 입었더니, 사람들 반응이 아주 좋았다.

"에지edge 있어 보인다."

그 한마디면 자기는 되었다고 그이는 말한다. 목단
옷을 애용한 뒤로 그이는 옷을 아끼지 않고 막 입고 다
닌다고 한다. 보풀이 나든, 구겨지든, 뭐가 묻든 전혀 신
경 쓰지 않고 부담 없이 입는다. 못 입을 지경이 되면 버
려도 되니까. 값비싼 옷들이 있어도 결국 손이 가고 자
주 입게 되는 것은 안목을 가지고 고른 저렴한 옷들이
라면서.

6급 공무원 고객 스타일링

목단 VIP 고객 중에 6급 공무원 K 님이 있다.

연남동에 '목단꽃이 피었습니다'를 열었던 초창기부
터 지금까지 자주 찾아오는 고객인데, 겉모습만 놓고
보면 처음 왔을 때에 비해 지금은 완전히 딴 사람이라

해도 과언이 아니다.

피부가 뽀얗고 동글동글하니 예쁘장한 외모에 키는 나보다 쪼끔 더 크다. 볼륨감이 있으면서도 전체적으로 통통한 66 사이즈였다. 목단에 처음 온 날, 어깨선이 딱 맞고 허리는 잘록하게 들어가고 기장은 무릎을 살짝 덮는 원피스를 입었다. 몸에 딱 맞는 사이즈를 입은 것으로 보아 직업이 공무원일 수 있겠다고 짐작했다.

내가 K 님을 좋아하게 된 건 그이의 생각과 자신감 때문이다. 무슨 옷을 입혀도, 시도해 보자 해도 거부감이 없었다.

한번은 스페인 여행을 앞둔 K 님에게 발끝까지 덮이고 너울거리는 롱 시폰원피스를 권했다. 샤랄라 하는 느낌의 원단과 시원시원한 무늬, 가슴골이 슬쩍 드러나는 파인 목선. 일반 손님들은 너무 어려워하는 그 드레스를 입고는 묶고 있던 단발파마 머리를 풀어 헤쳐 철썩철썩 고개를 젖히던 모습이 아직도 눈에 선하다.

키가 작고 상체와 엉덩이가 통통하지만 옷 탓을 하는 적이 한 번도 없다. 우리 가게를 찾는 횟수가 거듭될수록 나날이 코디와 매칭이 발전했는데 뭐랄까, 흡수가 빠르다고 할까? 그동안 패션에 대한 끼를 어떻게 누르고 살았나 싶을 만큼 뭐든지 소화해 냈다.

어떤 옷이든 피팅 룸에서 갈아입고 나와 거울 앞에 서면 그 옷에 어울리는 포즈나 표정을 지어 보이는데 얼마나 위트 있고 유쾌하며 매력적인지! 우리 직원들과 그 자리에 같이 있는 손님들만 보기에 아쉬울 정도다. 하루는 내가 물었다.

"아침마다 여섯 시에 일어나 출근하는데 어떻게 매일 다른 코디로 그리 예쁘게 입고 다니세요?"

"이거 한번 보세요."

K 님이 스마트폰 앨범을 쭉 보여 주었다. 목단에서 스타일링 받은 순간순간을 찍은 사진들, 잠들기 전 다음 날 입을 옷에 스카프까지 매치해 장롱 손잡이에 걸

어 둔 사진들이 모여 있었다. 나는 무릎을 칠 수밖에 없었다.

'역시! 그냥 얻어지는 건 없구나!'

지금 5급 진급시험을 앞두고 있는 K 님은 이제 손님을 뛰어넘어 가까운 지인이 되었다. 간혹 맥주잔을 기울이기도 하는데 언제나 눈을 맞추고 귀 기울이며 내 이야기에 진심으로 공감해 준다.

스타일도 스타일이지만, 늘 긍정적이고 차분한 에너지가 나는 너무 좋다. 대학을 다니는 큰딸이 있을 정도로 적지 않은 나이인데도 도전을 두려워하지 않고, 여느 수험생 못지않게 독서실에서 시간을 보내고, 바쁜 시간을 쪼개어 운동도 한다. 게다가 오가는 길에 목단에 들러 안부를 묻는 여유란. 앞으로도 속마음을 터놓고 지내고 싶은 어른다운 멋쟁이다.

은행 PB 룸 팀장 스타일링

얼마 전 내가 스타일링해 주는 은행 팀장님이 문자를 보내왔다.

"안녕하세요~^^ 휴가철이라 더 바쁘시죠? 뜬금없지만 대표님께 감사 인사를 드려야 할 것 같아서요. 대표님께서 스타일링해 주신 옷 덕분에 제가 에지 있는 사람이 되고 있어요. 정말 감사합니다~~^^ 고객님들이 저보고 옷 어디서 사냐며 잘 어울린다고 칭찬해 주시니 저도 기분이 좋더라고요. 제 목표가 '타 은행 PB랑 견주어도 ○○은행 PB가 최고야'라는 말을 듣는 건데 제가 밀리지는 않나 봅니다~^^ 갑자기 사장님께 너무 감사한 마음이 들어 몇 자 적어 봅니다~^^ 맛점하세요 ~~^^."

이 팀장님은 근무하던 업장에서 다른 곳으로 발령이 난 뒤 우리 매장을 찾아왔다. 이른바 있는 동네라고 해야 할까, 부자 동네라고 해야 할까 PB 룸에서 근무하다

보니 늘 번쩍거리는 명품 시계와 알이 굵은 보석들을 끼고 오는 고객들을 장시간 응대해야 했다.

그저 차림이 좋은 손님들로 그치면 좋으련만, 마치 본인의 돈을 맡겨도 좋을지 말지 의심 서린 눈초리로 위아래를 훑어보는 시선이 너무도 부담스러웠던 모양이다. 새로 부임한 이 여자가 전임보다 센스가 있나 없나, 뭘 입고 뭘 차고 있나 탐색하는 눈빛에 마치 쇼윈도 마네킹이 된 듯한 기분이 들어서 아침마다 출근 복장 때문에 스트레스가 심하다고 했다.

"팀장님, 화사하게 갑시다!"

고리타분하지도 뻔하지도 않은 신선함. '고급스럽게 파격적'인 스타일이 필요했다.

기본적인 아이템을 다 갖춘 목단 단골이니만큼, 새로운 환경에서 새바람을 불러일으키길 바라는 마음을 담기로 했다. 팀장님 자신도 그동안 시도하지 않은 스타일로 자신감을 충전하기 바랐다.

　그렇게 건넨 옷이 샤랄라한 느낌의 광택이 도는 피치 핑크색 새틴 드레스였다. 은은한 핑크빛 광택과 무릎 아래로 내려오는 길이, 팔꿈치를 살짝 가리는 반팔 소매. A라인 플레어스커트이지만 허리가 잘록하지 않아 골반이 커 보이거나 가슴이 도드라지는 부담은 전혀 없는 디자인이다.

　원피스만 달랑 입기에는 부담스러운 드레시한 원피스임이 분명하다. 그래서 나는 일주일 출근룩으로 원피스와 같이 입을 아이템들을 매치했다. 원피스에 아이보리 브이넥 니트, 아이보리 니트와 같은 디자인의 카키빛이 도는 브라운 계열의 니트를 하나 더, 원피스 위에 입을 만한, 허리 라인이 일자에 가깝게 떨어지면서도 군더더기 없이 깔끔한 폴리에스터 소재의 원 버튼 정장 재킷, 이 모든 아이템을 번갈아 입을 수 있게 매치하면서 그 위에 민트색과 회색이 배색된 실크 스카프를 더했다. 팀장님이 차고 있던 14K 금목걸이에 달린 펜던트 장식은 과감히 떼어 내고, 투명하다 못해 핏줄이 서린 새하 얀 피부에 실 가닥 같은 줄만 남겨 두었다.

A라인 원피스에 니트를 겹쳐 입으니 똥배라고는 전 혀 안 보이는 데다 단정하고 편안하면서도 맵시 있고 기품이 느껴졌다.

피치 핑크색은 평소에 권하지 않던 컬러라 부담스러 워할까 걱정도 되었지만, 팀장님의 반응보다 은행에서 팀장님을 만날 고객의 시선으로 아이템들을 골라야 한 다고 생각했다. 웬만한 브랜드는 두루 섭렵했을 멋쟁이 들이 자신도 모르는 명품 브랜드가 있나 싶게. 어차피 좋은 거 다 해 봐서 눈이 높은 사람들에게 비싸 봤자 의 미 없을 테니 오로지 센스만 보여 주자는 심산이었다.

상대방이 기분 좋아질 수 있는 컬러, 그리고 오롯이 팀장님의 센스가 배어난 듯 자연스러운 연출로 보이도 록. 심플했지만 내 계산은 철저했다.

그리고 두 달 뒤 앞서 소개한 감사 메시지가 왔다.

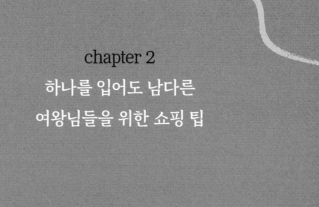

chapter 2
하나를 입어도 남다른
여왕님들을 위한 쇼핑 팁

날마다 어디 가는 사람처럼 입어야 한다.
데일리룩이 예쁘면 옷을 잘 입는 사람이 된 거다.
"자기 스타일 참 좋아." "어디서 샀어?"
오케이! 그럼 다 됐다.

잘 입고 싶다면
잘 사는 것에서 시작하자

옷을 잘 입고 싶다면 옷을 잘 사는 것에서 시작해 보자.

좋은 옷을 가지려면 사기 전에 꼭 체크해야 한다. 언제 어디서 입을 옷이 필요한지, 체형이나 치수가 달라지지 않았는지, 값은 어느 정도 지불할지. 무엇보다 사려는 이유가 분명해야 한다.

예를 들어 청바지를 사야겠다면 평소에 입는 청바지가 있는데 또 사려는 이유가 무엇인지 생각해 봐야 한다. 아무런 이유도, 선택 기준도 없다면 온종일 헤매게 된다. 실컷 예쁜 걸 골라 입어 보고서도 '집에 있는 거랑 너무 비슷한데' '통이 넓어서 좀 어색한데' 하며 말이다.

청바지가 있지만 오래 입어서 색이 바랬거나 형태가 무너졌다면 그것과 비슷한 핏이어도 다른 옷이다. 또 집에 있는 청바지가 지겨워서 조금 색다른 청바지를 찾아 나선 쇼핑이라면, 처음 시도하는 핏이 당연히 어색할 수밖에. 하지만 조금도 이상한 게 아니다. 그저 내 몸에 길들이고 익숙하도록 열심히 입으면 된다.

제대로 된 재킷이 없어 나서는 길이라면, 이미 갖고 있는 재킷을 꼭 점검해야 한다. 마음에 쏙 드는 블랙 재킷이 보여서 입어 봤는데 집 옷장에 걸려 있는 블랙 옷들이 자꾸 떠올라 망설일 수 있다. 블랙 재킷이 이미 있는데 왜 또 블랙 재킷에 눈이 가는지 원점에서 생각해야 한다.

구매한 지 오래됐거나, 체형이 변해서 핏이 안 살거나 그 재킷을 입었을 때의 이미지가 썩 마음에 들지 않거나, 또는 계절에 맞지 않는 원단이거나 따위의 이유가 분명 있을 것이다. 지금 내 모습에, 계절에, 입으려는 상황에 똑떨어지는 블랙 재킷이 있다면, 애당초 다른 블랙 재킷에는 눈길조차 가지 않을 테니까.

'아닌데? 지금 난 완전 맘에 쏙 드는 재킷이 있어도 늘 새 옷에 눈이 가던데?'라고 반문하는 그대는 매치하는 하의에 따라 왜 블랙 재킷이, 화이트 셔츠가 달라지는지, 따라서 같은 블랙 재킷이라도 여러 벌을 가질 수밖에 없는지를 잘 아는 멋쟁이가 분명하다. 자기 자신을 잘 파악하고 있어서 무엇을 입었을 때 만족도가 높은지 알고, 꼭 있어야 할 기본 아이템들은 이미 갖추고 있을 터. 쇼핑할 때 컬러에 구애받지 않고 보기에 예쁜 것, 마음에 드는 것을 그저 데리고 오면 된다.

제대로 된 것, 옳은 것은 사는 게 아니라 장만하는 것이다. 쉽게 쉽게 사지 말고 장만한다 생각하고 신중하게 고민하고 사야 한다. 그런데 제대로 되고 옳은 것들은 예상 금액을 훌쩍 넘는 경우가 대부분이기 때문에

매치를 아는 멋쟁이
같은 화이트 셔츠라도
하의를 어떻게 매치하
느냐에 따라 분위기가
달라진다.

'얼마짜리를 사야지'가 아니라 '얼마까지는 괜찮아' 하는 상한선을 정해 두고 쇼핑에 나서는 것이 좋다. 그래야 가격표 앞에서 망설이며 황금 같은 시간을 허비하는 낭비를 줄일 수 있다.

하나를 사더라도 제대로 사야 한다. 그러려면 옷장을 열었을 때 옷이 너무 많고 다양하면 안 된다. 단조롭다 싶을 만큼 톤이 안정되고, 패턴에 통일감이 있어야 한다. 예를 들어 옷마다 무늬가 있더라도 그 무늬끼리 매치가 돼야 한다. 문제는 이 죽일 놈의 매치가 뭔지, 무심한 듯 시크하다는 게 대체 뭔지, 어느 옷끼리 그러하다고 정의 내릴 수 없다는 것이다. 말로 설명할 수 있는 사안이 아니다. 철저하게 직접 보는 수밖에 없다.

쇼핑을 앞둔 당신, 거울 앞에 서 보자

진정 지금 옷차림 그대로 나설 것인가. 쇼핑 장소가 상설 매장이든 백화점이든 상관없다. 거울에 비친 모습을 스타일이라고 말할 수 있는가, 혹시 '꼬라지'는 아닌가? 당당히 나설 수 있는 모양새이냐는 말이다. 작정하고 나선 쇼핑이 매번 성공적이지 않았다면 어차피 살 것이라며 정말 아무 생각 없이 문밖을 나선 것은 아닌지 생각해 볼 일이다.

쇼핑을 나서기에 앞서 다음 질문을 확인해 보자.

• 당신이 옷을 권하는 입장이라면 지금 당신의 모습을

보고 옷을 골라 줄 수 있는가?

- 노 메이크업에 캡 모자를 쓰진 않았는가?
- 머리를 질끈 묶고 흘러내리는 머리카락은 톱니로 마감된 철제 머리띠로 바짝 올리지는 않았는가?
- 사려는 옷을 지금 당장 걸쳐도 그 옷이 진짜 예쁜지 아닌지 판단할 수 있는 차림새인가?
- 지금 신은 신발이 사려는 옷에 매치할 신발인가?

목적이 뚜렷한 쇼핑을 앞두었다면, 예를 들어 결혼식이나 행사에서 입을 옷을 보려거든 최소한 화장은 하고 나서야 한다. 그것이 귀찮다면 립스틱만은 속옷이라 생각하고 바르자.

예복을 사려는 것이 아니라면 행사뿐 아니라 출근복으로도 입을 수 있으면 더 좋을 테니, 평소 즐겨 입는 정장 바지나 슬랙스에 네크라인이 깔끔한 상의를 입고 나가는 것이 좋다.

바지를 사려고 움직인다면 스킨색 팬티는 필수다. 혹

아이보리나 화이트 팬츠에 마음을 뺏길지도 모르니. 가장 즐겨 신는 신발을 선택하되, 새로 산 바지 기장이 길어 수선실에 들를 경우를 대비해 바지에 어울리는 굽 높이를 고려하면 더 좋다.

쇼핑 목적은 딱히 없으나 어울리는 옷을 살 요량이라면 입고 벗기 편한 옷을 선택하되, 등산용 아웃도어나 요가복 같은 레깅스, 무늬가 화려한 냉장고 몸빼 바지만은 입지 말자.

현재 체형과 컨디션을 점검하는 것도 중요하다. 용처가 분명해 기필코 옷을 사야 하는 쇼핑이라면 더욱더 그러하다. 쇼핑은 고도의 집중력과 판단을 요하는 행위이기 때문에 그 자체로 피곤할 수 있다. 문밖을 나서기도 전에 컨디션이 난조라면 쇼핑은 다음으로 미루고 쉬면서 장롱 속 옷들을 점검하기를 권한다.

옷장에 무슨 옷들이 있는지 알면 쇼핑할 때 고민하는 시간을 줄일 수 있다. 한때 좋아했지만 지금은 입지 못하는 옷을 입어 보며 변한 체형을 알아 두면 사이즈를 선택하는 데 망설이지 않을 수 있다. 살 빼고 입으면 된다고 모셔 둔 옷들이 수년째 옷장 자리만 차지하고 있을 터, 돌아가고 싶은 사이즈 말고 지금 당장 예쁘게 입을 사이즈를 골라야 한다. 살 빠지면 기분 좋게 줄여 입으면 그만이고, 못 입게 되면 다시 사는 즐거움이 기다릴 테니 제발 쓸데없는 미련일랑 갖지 말자.

이렇게 사면 실패하지 않는다

철마다 옷을 사는데 왜 입을 옷이 없을까? 행어에 옷이 한가득인데 공식처럼 짝을 지어 데리고 온 애들 말고는 당최 매치가 되지 않는다면 미안한 말이지만 당신의 쇼핑은 실패작이다.

냉정히 말해 자기만의 스타일이 없다는 얘기다. 손님들에게 옷을 골라 줄 때 나만의 노하우가 있는데 이 방법은 카드값을 줄이는 데 크게 공헌할 것이다. 쇼핑 중 마음에 드는 옷이나 평소 정말 좋아하는 옷이 있다면 그 옷을 더 활용할 수 있도록 새롭게 매치할 옷을 찾는 것이다.

잇템으로 다섯 벌 벌기
베이지색 라운드넥 리넨
블라우스 하나면 5일 데일
리룩을 만들 수 있다.

예를 들어 라운드네크라인의 베이지색 리넨 블라우스가 있다고 해 보자. 소재가 톡톡하고 힘이 있지만 여유로운 핏과 리넨 소재가 어우러져 내추럴한 느낌이 예쁘게 표현된 상의다. 그 블라우스로 입을 수 있는 옷들을 모아야 한다.

먼저, 같은 리넨 소재로 만든 카키빛 브라운의 H핏 일자 슬림스커트로 아주 단아하면서도 기품 있는 연출을 할 수 있다. 그다음, 소재에 스판기가 약간 있고 리넨이 살짝 섞인 먹색 면 통바지를 매치한다. 점잖으면서도 편안한 것이 캐주얼한 자리에도 손색이 없다. 검정 통바지가 있다면 그것도 괜찮다. 블라우스의 앞섶을 바지에 슬쩍 찔러 넣으면 풍성한 볼륨이 만들어지면서도 탁 하고 떨어지는 바지 덕에 우아하면서도 포스 있는 룩이 된다. 적당히 여유 있고 컬러가 잘 빠진 청바지가 있다면 그것도 좋다.

그럼 난 내가 골라 주지 않으면 입을 엄두를 못 낼

끈 달린 검정 민소매 롱 원피스를 권하겠다. 이 롱 원피스 하나만은 절대 입지 못할 그대에게 그 블라우스를 겹쳐 입어 당당하게 원피스를 입을 수 있는 자신감을 찾아 주겠다. 그럼 그 어렵던 원피스가 어느새 롱스커트로 변해 있는데, 기준점이 허리가 아니라 가슴이니 똥배가 있어도 드러날 염려가 없다.

다음에 나서는 쇼핑에서는 화이트 셔츠를 꼭 사라. 너무 박시하지는 않더라도 여유가 있고 심플한 것으로.

당신은 베이지색 리넨 블라우스에 슬림스커트, 먹색 면 통바지, 검정 통바지, 청바지, 롱 원피스까지 다섯 벌을 벌었다. 리넨 블라우스와 매치했던 모든 하의와 롱 원피스를 화이트 셔츠에 그대로 적용하면 된다. 그럼 총 열 벌의 코디가 완성된다. 모든 옷과 어우러지면서도 분명 전혀 다른 느낌을 줄 것이다.

그다음 쇼핑에서는 화이트가 섞인 스카프를 하나 꼭 사라. 앞서 말한 모든 경우의 수에 스카프를 매치해 보

의외의 아이템 연출법
베이지색 리넨 블라우스 안에 끈
달린 민소매 롱 원피스를 입으면
투피스처럼 연출할 수 있다.

자. 물론 안으로 살짝 넣어도 보고 밖으로 드러내기도 하고, 때로 그저 떨어트리거나 매듭을 지어 보는 응용력을 발휘해야 한다. 분명히 같은 옷인데 새로운 느낌으로 입을 수 있게 된다. 서로 어울리는 옷이 많아지면 핏이 잡힌 거다. 당신만의 핏, 당신만의 스타일이 점점 늘어나는 것이다.

핏이 맞으면 웬만해서는 다 어울린다. 그리고 기존의 옷들과 새로 구입한 옷이 어울리지 않는다면 그 이유를 자연스레 깨닫는 과정을 반드시 경험하게 될 것이다. 세상에는 편하면서도 예쁜 옷이 정말 많다는 신세계에 눈뜰 것이다.

옷 입기 놀이가 재미있어지면 내공이 쌓인다. 매일매일 옷 입기가 즐겁고 '내일은 뭐 입지'라는 기대가 일상에 활력이 된다. 행여 '오늘, 어디 가냐'는 질문을 받는다면 평소 당신 스타일이 별로였다는 소리다. 날마다 어디 가는 사람처럼 입어야 한다. 그게 내 일상룩이 되

한 끗 다른 이지룩
리넨 블라우스와 끈 달린
민소매 롱 원피스를 매치
하면 이렇게 여유 있는 스
타일이 완성된다.

어야 한다. 데일리룩이 예쁘면 옷을 잘 입는 사람이 된 것이다. 사람들의 반응이 바뀐다.

"자기 스타일 참 좋아."

"옷 참 잘 입어."

"어디서 샀어?"

오케이! 그럼 다 됐다.

내 스타일이 아니라고
섣불리 단정하지 말자

난생처음 접한 간장게장에 선뜻 젓가락을 대지 못하다가 한 입 먹고 나서 마니아가 되는 경우를 많이 봤다. 옷도 마찬가지다. 내 스타일이 절대 아니라고, 색상이 내 취향이 아니라고 여기는 옷들이 디자인에 따라, 매치하는 옷에 따라 의외로 잘 어울릴 수 있다.

내 평생, 발등을 덮을 만큼 기장이 길거나 통이 넓은 옷은 절대 입으면 안 되는 줄 알았다. 키가 작아서 너무 치렁치렁해 보일 것이라며 지레 겁먹고 눈길조차 주지 않던 시절이 분명 있었다.

20대 초반에 명동으로 직장을 옮기면서 남들보다 이른 나이에 관리자 직함을 달았다. 내 어린 나이가 손님들에게 신뢰를 주지 못할까 봐 나이를 올려 말하곤 했다. 그런데 나는 스무세 살인데 스물여섯 살은 어떻게 행동하고 대체로 어떤 취향을 가지고 있는지 알 수 없었다. 내 나이를 의심하는 손님에게 타고난 동안 유전자라고 둘러댈 만큼의 카리스마가 있었으면 좋겠다는 생각을 끊임없이 했던 것 같다. 단 한 가지, 그때까지 고수하던 구제 청바지에 맨투맨티 차림은 아니라는 것은 확실했다.

스타일을 바꾸자니 막막했다. 당시 근무하던 매장에서는 이색적인 디자인이 많은 일본풍 옷들과 예쁜 소품을 다루었는데, 그런 매장에서 정장을 입을 수는 없지 않은가.

나는 운전을 할 수 있다는 이유로 물건 구매(시장 바잉) 일을 병행했는데, 그 덕에 동대문, 압구정(사장님 집),

명동을 매일같이 오갔다. 가장 핫하고 복잡한 동네. 그만큼 멋쟁이도 많고 패션 스승으로 삼을 만한 롤 모델들도 쉬 볼 수 있었다.

그러던 중 뽀글거리는 파마머리를 만났다. 펑키한 머리 스타일에 장미 자수가 수놓인 셔츠와 폭이 넓은 나팔 청바지, 노 메이크업에 빨간 립스틱만 달랑 바른 그 모습에 가슴이 뛰었다.

'멋지다. 카리스마 장난 아닌데!'

머리부터 발끝까지 완벽히 그 사람 자체를 보여 주는 그 모습이 뇌리에 각인되던 순간이 지금도 생생하다. 그때 처음 알았다. 서른을 훌쩍 넘은 나이에도 빈티지 스타일을 멋지게 소화할 수 있고, 바지통이 넓어 발끝이 보일락 말락 하는 운동화의 앞코가 아주 멋질 수 있다는 것을. 당시 그분은 거래처 사장님이었는데 나중에 직장 상사로 모시기도 했다.

정장이 아니어도 분위기로 압도할 수 있다는 것, 완

벽한 스타일에는 절로 고개가 숙여진다는 깨달음을 얻었다.

처음으로 입은 것은 그다지 통이 넓지 않은 수줍은 밤색 통바지였다. 내게 당연히 긴 기장을 당장은 수선을 맡길 수 없어 두 번 말아 접고, 당시 근무하던 매장에서 파란색 바탕에 분홍 꽃무늬가 있는 복고풍 반팔 셔츠를 골라 매치해 봤다. 당연히 신발은 화이트에 블루 스웨이드가 포인트로 들어간 운동화.

나 자신이 기특했던 순간이다. 난생처음 입은 나름의 통바지와 꽃무늬 셔츠가 내가 봐도 예뻤다. 나는 그때 얻은 자신감에 힘입어 용감해졌다. 근무하는 매장에 있던, 발등을 덮는 민소매 롱 원피스에도 도전했다. 그러고는 그 당시 유행처럼 번진 발등에 밴드가 일자로 지나는 단화를 신었다. 땅바닥에 붙어 있는 듯 나를 끌어내리는 그 신발도 잠이 올 것 같은 부드러운 면 원피스와 매치하니 내가 세상 멋져 보였다.

내가 지금까지 아무런 거부감 없이 기장이 긴 옷을 입어 낼 수 있는 것은 오래전부터 용기로 시작한 겁 없는 도전 덕분이다.

가격표 앞에서 망설일 당신에게
필요한 계산법

인생템을 발견할 때가 있다. 비단 옷뿐이 아니라 그릇, 가구, 침구, 냄비 등 다양하다는 게 조금 문제이지만. '그래, 이런 건 사 두면 평생 쓰지. 나이 들어도 상관없고' '이사를 가도 어디든 못 놓을까' '유기그릇은 식중독도 예방한다더라' '주물 솥에 지은 밥이 기가 막히지'라며 눈을 떼지 못한다.

중요한 건 가격인데 마음에 든다 싶으면 가격이 사악하다. 친근한 숫자 뒤에 0이 붙으면 붙을수록 괜히 더 갖고 싶은 마음이 드는 건 나뿐인가. 아무튼 그런 순간이 오면 난 흥분을 가라앉히고 잠시 생각에 잠긴다. 그리고 그것을 사용하고 있는 내 모습을 상상해 본다. 그것이 우리 집이나 매장이나 또는 나와 조화롭다 싶으면 한 번 더 생각한다. '이 녀석의 수명은 몇 년쯤일까?' 시간이 많이 흐른 뒤에도 어울리겠다는 결론에 다다르면 그 수명 나누기 금액을 얼른 따져 본다. 예를 들면 이렇다.

100만 원÷10년=1년에 10만 원

10만 원÷365일=하루에 약 274원

내 집에 자리 하고 내 옷장에 걸려 있는 모습을 매일 볼 수 있다는 상품가치를 교환가치로 환산한 하루의 값이 약 300원. 그것으로 내가 행복할 수 있다면, 오케이! 산다.

여기서 "야 이거랑 비슷한 거 다른 브랜드에서도 나

오는데 가격이 10분의 1이야"라는 말에 현혹되지 말자. 어차피 그건 다르다. 비슷할 수도 있고 어설프게 흉내 낼 수도 있지만, 나를 사로잡은 그 녀석은 아니라는 것. 적당한 선에서 타협하지 마라. 위안은 차선일 뿐 결국에는 만족하지 못하니 깔끔하게 포기하든지, 돈을 더 모아서 결국 손에 넣을 것.

사고 싶은 건 샤넬 백인데 그것과 비슷한 검정 숄더백 100개를 사 봐라, 같은지. 그렇게 사 모은 가방값을 따져 보면 결국 샤넬 백 하나만큼의 비용은 나온다. 차라리 그때 샀으면 지금보다 쌌을 텐데. 잠깐, 남편에게는 언제나 "미쳤어? 짝퉁이야" 또는 "글쎄 세일을 70퍼센트나 하더라고. 완전 돈 벌었어"라는 거짓부렁을 적절히 활용하라. 고맙게도 수많은 이미테이션과 백화점 아웃렛이 곳곳에 있으니!

그렇게 장만한 내 인생템 세 가지를 소개하니, 참고하시라.

딸에게 물려주고 싶은 살림살이

협찬 의혹을 받을지 모르니 상호명이나 자세한 설명은
하지 않겠다. 몇 년 전부터 집에서 밥을 먹든, 과일을 먹
든 함께하는 도자기 그릇. 쓰면 쓸수록 더 많이 모으고
싶고 구색을 갖추고 싶은 내 주방 살림살이들이다.

어느 작가님의 작품들인데 흙을 채취하는 과정부터
유약을 만들고 바르는 그 모든 과정에 작가님의 신념
을 고스란히 담아낸 진짜 오가닉 그릇이다. 어린 자녀
들을 둔만큼 몸에 해로운 유해 물질이 없는 정제된 재
료로 맑은 공간에서 만들어 내는 그릇들. 단 한 개도 똑
같지 않다.

무엇을 담든 어울리는 건 당연하고 절대 꿀렁거리는
법이 없다. 네 살배기 딸 지우의 고사리 같은 손으로도
얼마든지 들고 먹을 수 있는 무게감이지만 절대 방정맞
지 않은 가벼움이다.

신혼살림을 장만할 때부터 그릇은 좋은 것을 고집했

다. 좋은 그릇의 핵심은 가격이 아니라 원재료와 생산 과정이다. 좋은 유기농 재료로 정성 들여 만든 음식을 화학물질이 그득한 공장에서 찍어 내는 그릇에 담는 것이 얼마나 말도 안 되는 모순인가. 물 맑고 공기 좋은 산골짜기에서 유기농법으로 애지중지 재배한 농작물을 유해 성분 그득한 패키지에 꽁꽁 싸매 판매하는 아이러니가 당최 이해되지 않는다는 지인의 말에 폭풍 공감을 하며 둘이서 얼마나 현실을 안타까워했던지….

인복 많은 나는 돈 주고 산 것보다 행운 같은 지인 찬스로 덤으로 받은 도자기 그릇이 훨씬 더 많은데 그것들을 온전히 값으로 치르면 수백만 원어치는 될 것이다. 하지만 하루 두 끼 꼬박 밥을 먹고, 세상에서 가장 소중한 내 식구들이 먹는 식기에 몇 백을 들이든 그게 대수일까? '밥이 보약'이라는 말은 한 끼를 제대로 잘 먹어야 약이 된다는 지혜가 담긴 말이라고 나는 해석한다.

행운의 개다리 소반

목단 2호점에서 공간 대여를 기획하던 때 발품을 팔아 마련했는데 150만 원 정도 들었다. 행사가 있을 때만 쓰니 싼값으로 빌리면 그만이지만 상차림만큼은 내 손으로, 내 감성으로 하겠다는 똥고집을 합리화하며 구입한 전통 상차림 물품이다. 당시에 이런저런 사정이 생겨서 샘플 촬영 겸 지우 돌잔치 때 단 한 번 사용했지만, 내 딸 인생에서 한 번 있는 돌상을 모두 새것으로 장만해 차린 일은 사진으로 남아 두고두고 나를 뿌듯하게 만든다.

물론 대여 사업을 염두에 두지 않고 오로지 지우 돌잔치만 준비해야 했다면 나도 사지 못했을지도 모른다. 하지만 그 모든 것이 지우 복이라고만 생각해도 얼마나 기분 좋은지! 그 물품 중에 개다리소반이 두 개 있는데 하나는 우리 딸 밥상으로, 때론 우리 부부의 주안상으로 아주 잘 쓰고 있다. 작은 하나는 우리 집 명당자리에 놓은, 제일 예쁜 셀렘 화분을 받치고 있는데 이건 정말 모두에게 추천하고 싶다. 화분 받침으로 얼마나 멋진지, 아! 자랑하고 싶은 이 마음, 직접 체험해 보시길.

나의 첫 BMW

"2015년에 내가 가장 잘한 일." 난 지금도 이 말을 가끔씩 내뱉는다.

지금은 '화재가 나는 자동차'라는 낙인이 찍혀 가치가 떨어졌을지도 모르지만 나는 내 생애 첫 외제차인 이 차를 진심으로 좋아한다. 20대 초반에 나는 30대가 되면 무조건 돈 잘 벌고 떵떵거리며 잘살 줄 알았다. 그리고 그런 사람만이 외제차를 타는가 보다 했다. 결론은 틀렸다.

오래된 중고차를 슬슬 바꿀 때가 된 데다 아이가 없던 터라 기회는 지금뿐이라는 합리적인 추론 아래 차를 바꾸기로 혼자 결정했다. 차종을 정하기에 앞서 내가 원하는 디자인을 먼저 확정했다. 세단, 컬러는 짙은 네이비, 캐멀색의 가죽 시트, 그러면 됐다. 내 바람을 가장 잘 표현해 낸 차종이 BMW였고 520d가 연비가 정말 좋다는, 중고차 사업을 하는 작은삼촌의 조언에 당장 견적을 뽑았다.

월 리스비 88만 132원. 재빨리 머릿속으로 계산해 보았더니 하루에 2만 9337원.

내가 하루에 평균 두세 시간을 타니까 한 시간에 만 원 정도의 비용을 들이면 즐거운 드라이빙을 할 수 있다는 결과치가 나왔다. 빚도 현역으로 벌 때 내야 한다는 나만의 철칙이 있는데, 이는 규모가 큰 것을 구매하거나 결정할 때 든든한 주문 같은 구실을 한다. 홋.

그 전에 타던 SUV에 비해 기름값이 절반으로 줄어들어 매달 카드 내역서에서 놀라운 연비를 확인할 때마다 참 잘한 지름이라고 자부한다.

수고한 나에게도 선물이 필요하다

2019년을 맞이하면서 회의 때마다 거론된 주제가 팝업 스토어였다. 유튜브에 올린 스타일링 영상이 좋은 반응을 얻고, 마켓 형식의 온라인 판매가 뜻밖의 호응으로 이어지자 백화점 팝업스토어 제의가 들어오기 시작했다.

가게에 있는 집기를 챙겨 가는 일도 만만찮고 판매 수량을 예상해 미리 마련해야 하는 부담이 있어 고사하던 중이었다.

"목단은 부산 신세계백화점 아니면 안 합니다."

처음부터 대형 백화점에서 시작하기가 어렵다는 것을 알기 때문에 이 말은 팝업스토어를 하지 않는 좋은 핑곗거리가 되었다.

그런데 웬걸, 3월에 부산 신세계백화점 센텀시티점에서 팝업스토어를 할 기회가 찾아 온 것이 아닌가! 입버릇처럼 내뱉었으니 고사할 이유가 없었다. 처음이자 마지막이 될지도 모르는 목단의 팝업스토어를 나의 고향인 부산에서 진행하기로 결정했다. 무려 일주일 이상을 부산에 있어야 하고 연남동 매장에서 인원을 빼야 했지만 그에 따르는 모든 비용을 감수하고라도 안 할 이유가 없었다.

2층 VIP 룸 집기를 모두 빼서 매장을 그대로 옮기다시피 한 짐을 탑차 두 대에 꽉 채워 부산으로 내려갔다. 무조건 일등을 하고 확실하게 목단을 보여 주겠다는 의지 하나로 직원들과 집기를 내려놓고 전투적으로 공간을 꾸미는 우리 팀을 보고 관계자들이 입을 다물지 못했다.

행사 내내 아침 열 시부터 저녁 여덟 시까지 말이 열

시간이지, 인산인해를 이룬 성공적인 반응만큼 고충이 컸다. 직원들은 발에 멍이 들고, 내 왼쪽 무릎은 쑤시다 못해 서 있기가 힘들 만큼 통증이 심했다.

피곤하면 일부러 하이힐을 고집하는 몹쓸 버릇이 있는데 사흘째 되는 날, 7센티 굽으로 나름 절충하고 어김없이 하이힐을 신고 행사장으로 나섰다. 조금 한가한 시간에도 백화점 규정상 물도 음료수도 대놓고 마실 수 없었고, 앉을 수 없어서 가져간 소파는 그림의 떡이었다. 그렇게 오전을 보내고 점심시간이 되자 여지없이 행사장은 손님들로 북적였다.

대체 평일 이 시간 백화점에 이토록 사람이 많다는 게 놀라운데 그보다 더 놀라운 일이 있었다. 눈여겨봤지만 사지 못한, 예약하기도 힘들다는 샤넬 가브리엘 백팩이 이 사람 저 사람 어깨에서 넘실대는 게 아닌가.

머리부터 발끝까지 수백이 아니라 수천만 원을 휘감고 다니는 저분들은 대체 무얼 하는 사람들일까, 남편

을 잘 만난 것일까, 투자를 잘한 것일까…. 아무튼 나와
는 다른 레벨(?)의 사람들, 아니 다른 세상에 사는 사람
들 같았다.

갑자기 온종일 단내 나게 설명을 하고, 무릎을 굽혔
다 펴기를 체조선수만큼이나 하고 있는 내가 안쓰럽다
못해 '참 애쓰고 산다' 싶었다. 7센티 굽에 갇힌 피 쏠린
내 발가락은 또 왜 그렇게 아프던지.

"얘들아, 안 되겠다. 나 잠깐 다녀올게."

뒤도 안 돌아보고 에스컬레이터를 타고 1층으로 갔
다. 올라가자마자 보이는 매장이 샤넬. 들어갔다.

"발이 너무 아파서요, 슬리퍼 하나 주세요."

적당히 명품 티가 나는 실버 샤넬 로고 장식이 반짝
거리는 슬리퍼를 골랐다. 잘 닦인 대형 거울 앞에 슬리
퍼를 툭 하고 내려놓고는 7센티 굽에서 내려왔다. 편했
다. 내 발이 호강하는 기분에 슬리퍼를 뒤집어 가격을
확인했다. '₩1,010,000.'

"주세요. 신고 갈게요."

일말의 고민도 없었다. 계산대로 가서 결제하고 뒤돌아 나오기까지 5분도 채 걸리지 않았다. 그때의 내 기분을 잊지 못할 것 같다. 나 자신이 참 멋있었다고 해야 할까?

고생하는 나에게 선물을 주겠다고 생각한 나 자신이 기특했고, 100만 원쯤은 나를 위해 기꺼이 쓸 수 있는 내 일을 가지고 있음에 새삼 감사했다. 평소와 달리 나만의 계산법을 쓰지 않았다. 이걸 몇 년을 신을지, 무엇이랑 매치할지 그 당시에는 중요하지 않았다. 그냥 보상 심리를 충족하는 것으로 충분했다.

때로는 그런 이유라도 좋다. 물론, 내가 선택한 슬리퍼가 150만 원이었다면 벗어 두었을 것도 분명하다. 나를 위해, 충동적인 순간이 오면 망설이지 않을 금액을 꼭 새겨 두자. 난 그게 100만 원이면 오케이다!

정 대표가 명품을 고르는 기준

'명품'이라는 것에 관심을 가지기 시작한 때가 20대 초반으로 기억된다. 나의 우상이던 홍 사장님이 가지고 다닌 지갑이 루이비통 장지갑이었는데, 밤색에 로고가 일정한 간격으로 이어진 그 지갑보다 그분이 지갑에서 돈을 꺼낼 때의 손동작, 금가락지가 어울리는 손가락이 더 멋있어 보인 것이 계기가 된 듯싶다. 나는 돈을 많이 벌게 되면 꼭 그 지갑을 나의 명품 1호로 만들겠다고 다짐했다.

사회생활을 시작하고 월수입이 100만 원을 넘었을 때, 망설이지 않고 백화점 1층 루이비통 매장으로 갔다.

묻지도 따지지도, 다른 디자인에 눈길 한 번 주지 않고 딱 한마디만 했다.

"장지갑 주세요."

점원이 여성용이라며 지퍼가 달렸거나 장식이 있는 장지갑을 권하는데, 내가 찾던 것이 아니었다. '이게 아닌데….'

"장식 없이 그냥 접고 펴는 거 없나요?"

"아, 남성용 장지갑 찾으시구나."

그러면서 내게 보여 준 것이 내가 원하던 딱 그 지갑이었다.

"이거 주세요."

"선물 포장 해 드릴까요?"

"아니요, 지금 바로 가져갈게요."

그 말과 동시에 나는 지갑을 정리했다. 신이 나서.

나는 아직도 그 지갑을 가지고 있다. 물론 사용하지는 않지만 나의 명품 1호 기념으로 실밥이 풀리고 박음

질한 부위가 벌어졌는데도 손때 묻은 나의 '루비똥'을 처분하거나 버리지 못하겠다.

그렇게 내 것이 된 명품 지갑이 주는 힘이랄까? 왜 사람들이 명품 명품 하는지 그 이유를 조금은 알 것 같았다. 굳이 가방을 들지 않고 괜시리 지갑과 휴대전화를 동시에 쥐고서 돌아다녔다. 언뜻언뜻 쇼윈도나 유리문에 비친 그 손이 멋있어 보였다.

그렇게 명품 지갑에 도취된 어느 날, 지나가는 대학생이 메고 있는 프라다 백팩을 보았다. 맨 먼저 드는 의문. '진짜일까? 엄마 건가?'

그 순간 내가 매일 신나게 들고 다닌 지갑을 보며 누군가도 의심을 했을지 모르겠다는 생각이 스쳤다. 나는 어렸고 무척이나 동안이었으며 평소 차림도 청바지에 면 티셔츠, 운동화를 벗어나지 않았으니 충분히 의심을 살 만하다는 결론에 이르자 갑자기 얼굴이 화끈거렸다. 그해에 모은 명품 2호(페라가모 벨트), 3호(타임 블랙 슈트 정장)를 끝으로 명품에 대한 관심이 뚝 떨어졌다.

그렇게 시간이 지나고 연봉이 3000만 원을 넘어서는 30대가 되었다. 친구들 사이에서 유부녀가 생기기 시작했고, 심지어 출산 선물을 고르는 나이가 되었다. 스물셋에 어떤 이유로 사기 아닌 사기에 말려 생긴 빚을 순진하고도 성실하게 갚아 가던 시절이었다. 당연히 명품 아니, 백화점은 스물셋 이후로는 관심에 두지 않았었다.

그나마 가끔 만나는 친구들 사이에서, 갚아야 할 빚이 있고 아등바등 살고 있는 티를 내지 않게끔, 아니 꿀리지 않게끔 도와줬던 명품 1호, 2호, 3호의 활약은 그때까지도 변함없었다.

그때 깨달은 것이 있다.

- 명품은 최대한 유행을 타지 않는 것을 고를 것.
- 오래되어도 변함없는 가치가 지속될 수 있는 브랜드 제품을 소장할 것.

이다음 내가 명품을 살 때 아니, 백화점 1층을 활보할 때면 이 두 가지 깨달음을 잊지 말아야겠다고 생각했다. 그리고 그 기준으로 요긴하게 구입할 수 있는 순간이 왔다.

시어머님이 해 주신다는 예단. 후훗.

검소함을 몸소 실천하시는 시부모님과 예비 신랑의 작은 간을 생각해 고른 두 가지. 그 하나가 초콜릿 밤색이 영롱한 구찌 구두(60만 원 선)다. 다른 하나는 프라다 숄더백(190만 원 선). 나름의 기준을 적용해 내 장신구로 들인 이 녀석들이 명품 4호, 5호다. 지금도 자주 신고 자주 드는 애정템들이다.

그렇게 나이를 먹어 가며 결혼을 하고 애 엄마가 되고 대표라는 직함을 달았다. 빚을 청산한 서른 초반부터 지금까지 나만의 계산법과 합리적인 이유들로 드레스 룸에는 몇몇의 명품 가방이 몇 개 더 늘었다. 프라다 숄더백 이후로 나의 기준도 더 늘었다.

- 비쌀수록 더 자주 들 수 있을 것.
- 막 들고 다니는 것은 100만 원 이하일 것.

이 두 가지는 평소 가방에 넣는 물건들을 고려한 나만의 기준이다. 몹쓸 기억력 덕분에 늘 메모가 습관인 나는 수첩도 낙서장 같은 수첩, 일정과 바잉 목록 등이 빼곡한 다이어리로 구분해서 쓴다. 이 두 개만 해도 무게와 부피가 제법 된다.

장지갑을 선호하는 취향 때문에 지갑도 한 자리 차지하고, 통장 파우치에 휴대전화에 잡동사니를 담은 파우치 등등 그 모든 것이 가방 안에 있어야 어디를 가든 마음이 놓이는 나는 내 체구와는 관계없이 늘 빅 백을 들고 다닌다. 루이비통, 셀린, 생로랑, 구찌, 버버리, 프라다 가방은 있어도 샤넬 클래식 핸드백은 없는 이유다.

이 가방 중 하나를 브랜드, 가격 상관없이 매일 들고 다닌다. 특히, 캔버스 재질로 만든 버버리 숄더백과 프라다 빅 백은 가볍고 물건을 많이 넣을 수 있어서 출산 후 기저귀 가방으로도 실컷 들고 다녔다. 이 두 가방은 100만 원을 넘지 않는 가격이라 함께한 시간만큼이나 가성비와 스타일을 모두 잡은 애정템이다.

시계를 고를 때는 딸내미에게 유품으로 남겨도 될 만한 것인지 고려한다. 나중에 팔아먹든, 시곗줄을 바꾸어 차고 다니든 세대를 넘어 전해질 수 있으니 그 값이 가방보다 비쌀 수밖에. 그러니 더 신중하게 더 클래식한 것으로 골라야 한다는 것이 나만의 명품 시계 고르는 소신이다.

명품이 차고 넘치는 사람들 말고, 남편 찬스든 연말 보너스든 어쩌다 명품을 사는 순간이 오면 자신만의 기준으로 똑 부러지는 녀석을 데려오기 바란다.

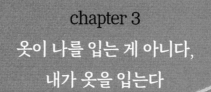

chapter 3

옷이 나를 입는 게 아니다,

내가 옷을 입는다

절대로 옷이 나를 지배하게 돼서는 안 된다.

무슨 옷을 입든 나는 자유로워야 한다.

밥을 먹다 흘릴 수도 있고, 구겨져도 상관이 없어야 한다.

행동이 제약받으면 안 된다. 고작 옷 따위에 말이다.

피팅 룸을 나온 거울 속 당신,
스타일리시한가?

이 질문은 내가 옷을 살지 말지 판단하는 첫 번째 기준
이다. 또 이왕 돈 주고 사는 옷 새로 산 티가 나면 좋겠
다. 나름 비싸게 산 옷을 입고 모임에 갔는데 아무도 알
아차리지 못한다면 새로 샀다고 말하기도 뭐하고 속으
로 잘못 샀나 하는 의심마저 든다.

옷이 눈에 들어오기보다 그 옷 때문에 사람이 눈에
들어오는 경우가 있다. 옷이 주인을 잘 만났다는 생각
이 들 때다. 옷이 주인을 잘 만나면 입는 순간 느낌이
온다.

착용감이 편하고 좋고, 매치할 옷들이 두세 가지 이상 떠오르고, 언제 입으면 좋겠다는 상황이 그려지는데 상상 속의 내 모습이 썩 괜찮다면 망설일 이유가 없다. 실제로는 인생에서 몇 번 맞이하지 못하는 상황이라도 상관없다. 단 한 번의 멋진 순간이 온다면 당황하지 않고 그 순간을 느긋하게 맞이할 수 있을 테니까.

내가 옷에 지갑을 여는 기준은 원단과 공임, 즉 원단을 찾아내고 그 원단에 알맞은 디자인을 생각해 내어 창작하는 노고값, 그리고 사측 마진의 적절성이다. 또 하나, 그 옷을 입을 상황을 고려했을 때 사람들 사이에서 나를 돋보일 수 있게 하는 옷이라는 확신이 들 때다. 지갑을 여는 기준은 사람마다 다르겠지만 앞으로 한 가지를 꼭 추가하기 바란다.

'나를 더 돋보이게 하는 옷인가?'

그 판단을 하려면 먼저 옷을 제대로 입어 봐야 한다.

피팅 룸에 들어간 당신

설마 바지를 입어 보는데 팬티스타킹을 신은 것은 아니
겠지? 정전기는 얇디얇은 스타킹이 가장 강하다. 똑같
은 바지라도 스타킹 착용 여부에 따라 전혀 다른 핏과
느낌이 나온다. 의심스럽다면 집에서 꼭 실험해 보시길.

피팅 룸에서 나오기 직전

무심코 신고 온 캐릭터 양말은 제발 벗자. 흰 양말, 검정
양말 할 것 없이 그냥 벗어야 한다! 센스 있는 양말 매
치는 신의 한 수라 할 만큼 스타일링에서 중요한 포인
트가 되지만 그저 발 가리개 용도였다면 벗어 버리자.
그냥 맨발이 훨씬 도움이 된다.

자, 이제 피팅 룸을 나설 차례.

거울 앞에 선 당신

헤어스타일을 점검해 보자. 무슨 옷을 입든 어떤 상황이든 세팅파마에 한평생 같은 방향의 가르마를 유지하고 있지는 않은가? 정수리가 판판하게 눌려 있거나 사시사철 똑같은 헤어스타일을 고수한다면 무슨 옷을 입든 별다른 감흥을 줄 수 없다고 생각한다.

우리 매장에서 손님이 피팅 룸을 나오면 나는 연신 고무줄을 준비한다. 귓불과 턱선, 목선이 드러나면 속이 세상 시원하다 못해 개운해지는 신기한 경험을 손님 그리고 동행한 친구들과 함께 나눈다.

머리를 풀어야 얼굴이 작아 보인다는 통설은 천편일률적으로 적용되는 게 아니니 제발 스타일에 따라, 날씨에 따라, 상황에 따라 다르게 연출하기를 권한다. 머리를 질끈 묶거나 촘촘히 잡아매는 게 아니라 귀를 적당히 덮으면서도 정수리에 볼륨을 주고 묶는 연습을 손에 익을 때까지 하고 또 해 보시길.

피팅 룸에 들어갔다 나와서 거울 앞에 서기까지 길어야 3분 남짓이고, 그보다 훨씬 짧게 걸리는 고수도 많다. 앞으로는 쇼핑할 때 옷을 직접 입어 보는 데 3분은 꼭 쓰자. 그 수고는 절대 배신하지 않을 테니 두고 보시라. 그리고 명심하자.

'거울 앞에서 충분한 시간을 가져야 한다.'

옷을 입은 모습을 감상하라는 게 아니다. 매무새를 먼저 만져야 한다. 맵시 좋은 원피스를 입고 숨 한번 크게 들이쉬는 노력을 하듯이, 셔츠를 입었다면 단추를 두 개 풀고 셔츠 소매가 손등을 덮지 않도록 자연스럽게 접어 올려야 한다.

바지가 끌리지 않도록 롤업을 하든 힐을 신든 까치발을 딛든 바지 본연의 핏을 봐야 한다. 스커트나 통이 넓은 바지, 특히 허리에 고무 밴드가 있는 하의는 허리선이 어디에 있느냐에 따라 핏이 달라질 수 있으니 배꼽을 중심으로 올려도 보고 내려도 보자.

청바지 스타일링
복숭아뼈 정도까지 바지를
롤업한 뒤 셔츠를 두 번 접어
올리면 자연스러우면서도
시크한 느낌을 줄 수 있다.

이때 옆모습을 꼭 체크해야 하는데 옆에서 봤을 때 옷의 밑단이 일자가 되도록 해야 한다. 앞이나 뒤, 어느 한쪽이 올라갔다면 똥배나 엉덩이의 문제가 아니라 옷 입는 습관이 잘못된 경우가 많다는 걸 알아 두자.

나에게 길들어 익숙한 옷만큼 편한 건 없다. 새 옷을 입어 어색하고 불편한 것은 너무도 당연하다. 키가 크든 작든 상의의 소매를 무심하게 걷어 자기 옷처럼 꼭 연출해 보길 권한다.

그리고 천천히 시간을 갖고 거울 속 나를 쳐다보자. 그래야만 그 옷이 어울리는지, 잘 입을 수 있는지 판단할 수 있다. 마음에 든다는 쪽으로 기운다면 기장을 줄이든 늘이든, 허리를 늘이든 줄이든 필요하다면 수선해서 온전히 내 것으로 만들면 된다.

어색한 것과 안 어울리는 것

- 새롭게 도전한 옷이 당신에게 어울린다고 생각하는가? 혹시 한 번도 보지 못한 모습이 어색하지는 않은가?
- 너무나 달라진 모습에 영 내가 아닌 것 같은데 이상하게 자꾸 눈이 가지는 않는가?
- 의외로 썩 괜찮다는 생각을 혼자 소심하게 하고 있지는 않은가?

결국에는 자주 입고, 지금 입고 있는 것과 별반 다르지 않는 옷을 선택할 거면서도, 쇼핑에 나서는 그 순간만큼은 오늘은 기필코 예쁘고 새로운 스타일을 사겠다는 비장한 각오를 한다. 한번쯤 입어보고 싶던 옷을 만난 반가움도 잠시, 피팅 룸에서 나와 거울을 뚫어지게 바라만 본다. 아니, 언제 입어 봤나 싶을 만큼 빠른 속도로 피팅 룸으로 자취를 감추는 경우도 있겠다.

새롭고 어색한 모습을 마주한 순간 "어이구, 어이구 이상하다"고 말하면서도 눈이 자꾸 거울을 향한다면 그 옷은 사도 좋다. 그 옷을 입은 모습이 마음에 든다는 소리니까. 어색한 게 아니라 마음에 들지 않고 기분마저 상한다면 고민할 가치도 없다. 당장 벗자.

무슨 조화인지 자꾸 눈이 가고 거울 앞에서 몸을 요리조리 돌려 보니 그 모습이 마음에는 드는데 몇 번이나 입을지 모르고, 입고 갈 데도 없고, 왠지 어깨도 넓어 보이고…. 괜한 트집거리를 찾아 애써 포기하려는 것은 아닌지.

만약 그렇다면 당신은 지금 그 모습으로 평생 살면 된다. 단, 옷을 사도 입을 게 없다며 '그 옷이 그 옷이다'는 한탄 따위는 절대 하지 말자.

처음 시도한 옷은 어색할 수 있다. 익숙해질 때까지 입으면 된다. 처음 입은 교복이 영 어색하고 안 어울려도 입다 보면 익숙한 옷이 되듯이, 구매하고 최소한 일주일 동안은 날마다 입어 보라. 그 옷이 나에게, 내가 그 옷에 길드는 시간이 꼭 필요하다. 입다 보면 어색함은 사라지기 마련이고 내가 소화할 수 있는 스타일이 하나 더 늘게 된다.

아이템이 모였다면 연습만이 살길이다

어떤 옷이든 입자마자 예쁜 옷은 없다. 입고 나서 매무새를 손보았을 때 비로소 예쁜 옷이 된다. 달리 말하면 옷을 만질 줄 아는 사람이 예쁘게 입을 수 있다.

옷을 만지는 솜씨는 어떻게 갖게 될까? 다른 방법이 없다. 오로지 연습만이 살길이다. 그 옷에 애정을 가지고 철저하게 연습해야 한다. 절대 공짜로 얻어지는 것은 없다.

아무리 예쁜 옷도 연출할 줄 모르면 소용없다. 한 가지 옷으로 할 수 있는 모든 경우의 수를 직접 해 봐야 한다.

단추를 다 채워 보고 한 개만 풀어 보고 두 개 풀어 보고 세 개도 풀어 보고, 다 풀어서 재킷처럼도 입어 볼 것. 그 속에 민소매 티도 받쳐 보고 면 티도 받쳐 보고, 니트도 겹쳐 입어 보고 어깨에 둘러도 본다. 카디건을 걸쳐도 보고 목에 감아도 보자. 청바지와도 입어 보고 좋아하는 스커트와도 입어 본다.

같은 색끼리 입고 다른 색끼리도 입고, 무지 옷에 무늬 있는 옷을 매치해 보고, 무늬 옷도 다양한 색상끼리 입어 봐야 한다. 영 이상할 것 같아도 반드시 직접 입고 이상한지 아닌지 확인해야 한다. 소매를 걷어 보고 재킷 밖으로 나오도록 빼 보기도 해 보자.

보기에 예쁜 옷이라고 해서 입었을 때도 예쁜 것은 아니다. 무슨 옷에든 화장을 정성 들여 하고 머리를 힘껏 세팅한다고, 스타일리시한 구두를 신는다고 해서 멋진 것도 아니다.

단 하나의 구두라도 그 구두를 돋보이게 하는 바지

를 입을 줄 알고, 그 바지와 구두의 조화를 해치지 않는 선에서 상의를 선택하는 안목을 키워야 한다. 전체적인 스타일과 조화를 이루는 액세서리와 헤어스타일, 립스틱 컬러를 고를 줄 알고, 그 모습에 어울리는 걸음걸이가 당당했을 때 비로소 멋지다고 말할 수 있다.

아이템을 매치하는 안목은 쉬운 것 같으면서도 어렵고, 어려운 것 같으면서도 쉽다. 조화롭되 튀지 않으며, 무심한 듯한 멋스러움이 무엇인지 모르기 때문에 헤매는 것이다. 이런 센스를 가지려면 패션 정보를 많이 보고 많이 해 보는 수밖에 없다.

내 경우에는 핀터레스트에서 영감을 많이 얻는다. 핀터레스트에는 전 세계 사람들 사이에서 나름대로 검증된 스타일리시한 아이템이 많이 있다. 패션뿐 아니라 인테리어, 가구, 테이블웨어 등 모든 게 있다. 한국 사람들이 올리는 이미지만 있는 것이 아니기 때문에 도움이 더 많이 된다. 핀터레스트에서 좋아하는 옷들을 수집해 나만의 리스트를 만들다 보면 자신의 취향이나 안목을 갖는 데 도움이 될 것이다.

'저런 핏, 저런 색상, 저런 색감의 조화도 있구나' '세상에 뉴욕에 사는 저 할머니는 저 나이에도 저렇게 입을 수 있구나' 하면서 패션의 면면을 살필 수 있다. 핀터레스트라는 앱 하나로 전 세계의 트렌드를 볼 수 있는 것이다. 트렌드가 아니어도 좋다. 마음에 드는 이미지 목록을 지닌 어떤 한 사람의 계정이어도 좋다. 그 사람을 따라가며 다른 사람들이 올린 이미지를 접하고 그러면서 공부가 될 것이다.

바라건대, 마네킹이 입고 있는 그 모습 그대로나 판매자가 알려 준 대로만 입지 말자. 제발 응용력을 백분 발휘하자. 머리는 쓰면 쓸수록 좋아진다는데 치매 예방한다 생각하고 요리조리 입어 보는 옷 놀이에 빠져 보자.

상상했던 핏이 나오지 않는다면 교환하거나 환불하고 다시 사라. 본인 몸매 탓도 아니요, 얼굴 탓도 아니

다. 단지 그 핏이 본인이랑 맞지 않는 핏일 뿐. 낙담하지
도 실망하지도 마시라. 색상이 같다고 똑같은 옷이 아
니라는 걸 제발 인정해 주시길.

옷은 소품에 불과하다,
절대로 지배당하지 말 것

사람들이 모이는 유명 거리에는 소규모 예쁜 숍들이 즐비하다. 위치와 평수에 따라 차이는 있지만 숍의 주인들은 만만찮은 인테리어 비용과 임대료를 지불하며 패션 숍을 운영하고 있다. 그 많은 매장 운영자들이 우리나라 최대 도매시장인 동대문에서 발품을 팔고, 그 무거운 옷 짐을 들고 다니며 저마다의 콘셉트대로 매장을 채운다.

매장 디스플레이가 화려하고 쇼핑 후 맛있는 밥 한끼와 커피까지 즐길 수 있는 백화점에도 눈 돌아갈 만

큼 예쁜 브랜드가 많다. 그러한 브랜드들 중에도 동대
문 도매업체에 대량으로 주문을 넣은 뒤, 브랜드에 맞
게 핏을 수정하고 원단을 교체하는 공정을 거쳐 상품을
내놓는 브랜드가 있다. 그것이 잘못은 아니다.

침체되는 옷 시장에서 자체 공장만으로 수많은 아이
템을 제시간에 만들어 낸다는 건 거의 불가능하다. 아
무리 유명한 의류 회사에 수많은 디자이너가 있다고 해
도 동대문에 있는 수천 명의 디자이너가 만든 상품에서
디자인적 영감을 얻을 수도 있다. 해당 업체의 공장을
활용해 수요가 일어나는 시기에 맞춰 적절히 공급할 수
있다는 점에서도 매우 현명하게 시스템을 활용하는 것
이다.

내가 운영하는 회사도 자체 제작 의류를 판매하는데,
품질을 높이다 보면 한도 끝도 없다. 완성도를 높일수
록 공임이 많이 든다. 왜 백화점 브랜드 제품이 비쌀 수
밖에 없는지 뼈저리게 느끼고 있다.

또 한 가지 문제는 옷값의 마진 폭이다. 백화점은 입점 수수료가 눈이 튀어나올 정도로 높다. 그 비용이 상품 가격에 포함되니 백화점 옷이 비쌀 수밖에 없다.

소규모 매장에서 자체 제작을 하는 경우, 판로가 뻔하니 대량생산을 할 수 없다. 하고 싶어도 재고의 염려가 있어 함부로 덤빌 수가 없다. 소량생산이 대량생산보다 생산비가 훨씬 더 드는 것은 당연지사. 어쩔 수 없이 마진 폭을 낮추는 방법을 택한다.

백화점에서는 흥정하는 모습을 찾아보기 힘들다. 하지만 일반 매장에서는 가격표를 붙여 놓고 아무리 정찰제라고 해도 깎아 달라는 말을 쉽게 한다. "죄송합니다"라고 말하면 "그럼 양말이라도 하나 줘 봐요"라거나 그래도 안 된다고 하면 "동네에서 그렇게 장사하면 안 돼요"라고 볼멘소리가 나온다.

백화점에서 구매할 때는 아무 소리 하지 않던 분들이 일반 매장에서는 "뭔데 이렇게 비싸. 소재가 뭐예요?"라거나 "여긴 세일 안 하나?"라는 말을 아무렇지도 않게 한다. 정말 많이 듣는 소리들. 20년간 나름 다양한 지역, 적잖은 매장에서 근무했는데 그 어떤 매장에서도 똑같이 듣는 레퍼토리다.

백화점에서 산 옷들은 비싼 값을 치렀다는 이유로 집에서도 대우받는다, 묻지도 따지지도 않고 드라이클리닝을 맡긴다거나, 세 번 입을 것을 한 번 입으며 아끼고 또 아낀다.

일반 매장에서는 맘에 드는 옷이라도 드라이클리닝 표시가 있으면 결제 전에 일단 한 번 망설인다. 배보다 배꼽이 더 크다는 듯이. 그러고는 괜찮지 않을까 싶어 물세탁을 하고 헹여 변질되면 싼 옷이라서 그렇다고 여긴다. 거기서 끝나면 양반이다. 매장에 쪼르르 달려와 어떻게 이런 옷을 파느냐며 노발대발 옷 탓을 하면서 환불을 요구하는 경우도 다반사다.

비싸니 아껴 입고, 아껴 입으니 풀질이 오래 유지된

다. 싸게 산 옷이 편하니 막 입고 막 빨아 버리니 당연히
보풀도 많이 생길 수밖에.

나는 옷이란 소모품이라고 생각한다. 입다가 언제든
버릴 수 있는 소모품. 몇 만 원이든 몇 백 만 원이든 상
관없이 디자인이 마음에 들어 산 옷들은 나에게 똑같
이 예쁜 녀석들이다. 나를 돋보이게 해 주는 고마운 도
구들. 싸든 비싸든 대우도 똑같다. 비싼 옷은 오히려 더
자주 입으려고 한다. 그게 가성비를 높이는 길일 테니.

절대로 옷이 나를 지배하게 둬서는 안 된다. 무슨 옷
을 입든 나는 자유로워야 한다. 밥을 먹다 흘릴 수도 있
고, 빗물에 젖을 수도 있으며, 구겨져도 상관이 없어야
한다. 내 행동이 제약받으면 안 된다는 것이다. 고작 옷
따위에 말이다.

흰 셔츠에 김칫국이 튀면 주방 세제로 바로 닦으면
된다. 세제 얼룩 때문이든 햇볕 때문이든 보관상 문제
로 누렇게 변질되면 세탁소에 의지하거나, 애당초 내년

에 새로 구입할 마음으로 적당한 가격의 옷을 사면 된다. 때가 탈까 봐 뭐가 묻을까 봐 겁나서 흰옷을 못 입는다는 것은 말이 안 된다. 그런 이유로 포기하기에는 흰색이 너무 멋진 컬러다.

지금 당신의 옷장은 어떤가. 정말 큰맘 먹고 지른 코트나 가죽, 정장들은 아끼고 아끼다 결국 유행이 지나 못 입게 되지 않았는가? 어깨에 뽀얀 먼지가 쌓인 채 행어에서 자리를 가장 많이 차지하고 있지 않은가?

버리지도 입지도 못할 애물단지들. 얼마짜리든 입는 순간 중고이며, 비쌀수록 자주 입어야 본전 뽑는다는 지론을 명심하자.

언제 어디서나 제구실하는
여덟 가지 기본 매력템

내 옷방에 있는 옷들은 매일 입어도 예쁜 옷과 한 번이나 입을지 모를 폼 나는 옷으로 나뉜다. 언제 입을지는 모르지만 갖고 있으면 마음 한편이 든든한 옷은 꼭 있어야 한다. 이런저런 행사에 갑자기 참석하게 되어도 당황하지 않고 손이 바로 가는 옷.

이 밖에 내가 생각하는, 스타일링에 꼭 필요한 아이템들이 있다. 내가 옷을 입혀 드린 손님들이라면 모두 알고 있는 기본 정보들을 소개한다.

블랙 원피스

누구나 가지고 있을 것 같지만 의외로 없는 옷이 심플한 블랙 원피스다. 꼭 갖추어야 할 아이템인데 고를 때 체크해야 할 것이 있다.

- 몸매가 대놓고 드러나지 않는 적당히 여유가 있는 사이즈.
- 7~8월 땡볕과 1~2월 한파를 제외하면 니트나 코트 속에 받쳐 입을 수 있는 다계절용.
- 디자인이 화려하지 않으면서도 착용만으로 갖춘 느낌을 낼 수 있는 단조로움.
- 무릎을 살포시 덮는 길이에 구김이 덜한 폴리에스터 소재.

이 네 가지를 충족하는 블랙 원피스를 찾았다면 당분간은 경조사나 격식 있는 모임도 걱정할 필요가 없다. 적당히 여유가 있는 핏은 여러 이유로 불어난 뱃살

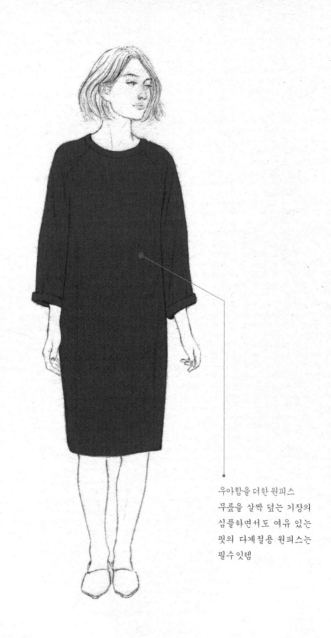

우아함을 더한 원피스
무릎을 살짝 덮는 기장의
심플하면서도 여유 있는
핏의 다계절용 원피스는
필수 잇템

을 절대 들키지 않도록 도울 것이다.

구김이 덜한 폴리에스터 소재는 시간이 오래 지나도 쉬이 변형되지 않으며, 무릎을 살포시 덮는 기장은 다리가 가늘고 예쁜 사람이 아니더라도, 나처럼 굵고 짧은 조선무 다리여도 품위 있는 연출이 가능하다.

단순하고 세련된 블랙 원피스는 머리를 세팅하고 구두를 신어야 하는 수고와 고통이 따를지라도 기꺼이 감수할 만큼 충분히 매력템이라는 것을 꼭 경험해 보시길.

블랙 와이드 통슬랙스

내가 중요한 미팅이나 행사 때 가장 많이 입는 바지인데, 바지만으로도 멋이 폭발하는 기분이 들어 자신감이 솟는다. 통슬랙스를 입었을 때 내 키가 '150센티가 채 안 되는 게 맞느냐'는 소리를 많이 듣는다. 다리가 제법 길어 보이거나 키가 커 보인다는 반증이리라. 탁 하고 떨어지는 구김 없는 폴리에스터 소재에 양옆으로 손을 멋들어지게 꽂을 수 있는 포켓이 달린 것을 추천한다. 허리 아래로 핀턱 주름이 있고 없고는 취향이다.

주름이 있다고 해서 똥배가 나와 보이는 것은 아니다. 주름의 시작점이 어디냐에 따라 달라질 수 있으니 주름이 있는 것과 없는 것을 꼭 같이 입어 보길 권한다.

키가 작다고? 걱정하지 마시라. 우리에게는 솜씨 좋은 수선실 이모님이 있지 않은가! 와이드 통슬랙스를 수선할 때 적절한 기장이 고민일 수 있는데, 즐겨 신는 스니커즈와 구두에 모두 충족하는 길이라면 더할 나위 없다. 나는 운동화를 신은 상태에서 발등이 덮이고, 뒷기장은 땅에 닿기 일보 직전으로 잡는다. 그러면 내 5센티 구두에도, 9센티 하이힐에도 와이드 팬츠 고유의 멋이 제일 잘 드러나는 것 같다. 저마다 애정하는 길이가 다르니 조금씩 잡아 올려 가며 미세한 차이의 느낌을 찬찬히 느껴 보고 수선실을 찾는 수고를 아끼지 않길 바란다.

화이트 운동화

화이트 운동화는 내가 아끼는 아이템 중 세 번째 순위
에 든다. 첫째는 안경, 둘째는 시계, 셋째가 이 녀석인데
종류가 그다지 다양하지는 않다. 먼저 운동화와 스니커
즈(캔버스화)의 개념을 구분해야 한다. 운동에 적합한 소
재와 기능을 고려해서 만든 것이 운동화라면, 그보다
좀 더 가볍고 일상생활에서 편히 신을 수 있도록 만든,
밑창이 고무로 된 디자인이 스니커즈(캔버스화)라고 보
면 이해하기 쉽다.

　나는 두 가지가 적절히 섞인 아디다스 '스탠스미스',
양말처럼 딱 맞고 땅바닥에 붙은 듯 낮고 끈이 있는 가
벼운 벤시몽 두 가지를 좋아한다. 최근에는 직원에게서
선물받은 오니츠카타이거의 '코레손 로우'를 즐겨 신고
다닌다. 이 밖에도 정말 예쁜 운동화 천지이지만 호불
호가 갈릴 수 있으니 큰 수고를 들이지 않고 싶다면 운
동화 전문 편집숍처럼 여러 브랜드 제품을 다루는 매장

에 가서 다양하게 신어 보길 바란다.

화이트 운동화를 어떤 옷에 어떻게 매치해야 조화로
울지를 알기까지는 자꾸 신어 보는 노력을 들이는 수
밖에 없는데, 오늘 입은 옷을 좀 더 편하고 캐주얼한 느
낌으로 연출하고 싶다면 시도해 보자.

화이트 셔츠

화이트 셔츠와 청바지는 진리다. 어떤 컬러보다 깨끗하고 신뢰감을 주는 화이트 셔츠와 자유롭고 캐주얼함에서 독보적인 존재인 데님. 동서양을 막론하고 나이와 성별에 상관없이 주인장의 연출에 따라 어디에서도 입을 수 있는 가장 멋진 아이템.

중요한 건 화이트 셔츠도 청바지도 예쁜 것을 골라야 한다는 사실. 둘 다 입으면 입을수록 많아진다는 신비한 경험을 하게 되겠지만 그걸 모으는 쏠쏠한 재미와 희열을 꼭 느껴 보길 바란다.

화이트 셔츠는 최소 세 장이 있으면 좋다. 니트나 맨투맨티에 받쳐 입을 기본 핏, 하나만 툭 하고 입어도 적당히 여유가 있어 몸매가 드러나지 않고 엉덩이를 가리는 박스형, 허벅지를 충분히 덮는 기장이고 앞자락을 열고 입으면 바람막이 재킷 구실도 하는 롱 셔츠.

사랑하는 남자의 와이셔츠를 걸친 모습에 대한 환상

은 버리고, 그냥 깔끔하고 심플하며 화이트 셔츠 그 자체로 예쁜 것을 찾아보자. 목둘레선이 너무 파이지 않고 옷깃이 넓지 않으며, 적당한 위치(바지 주머니에 손을 자연스럽게 넣을 수 있는 위치)에 옆트임이 있고, 소매를 두 번 접어 걷었을 때 손목뼈 위 2센티 지점에 안정적으로 머무는 소매길이인지 체크해야 한다. 셔츠 깃에 디자인 요소가 많은 것은 나중에 사도 되니 일단은 제치자.

기본 핏의 소재로는 적당히 톡톡하고 힘이 있되 워싱 처리가 잘되어 자연스럽게 구김이 가는 옥스퍼드 면을 추천한다. 다른 면 소재에 비해 때도 잘 빠지고 잦은 세탁에도 변형의 우려가 적다. 입을수록 보드라워지는 옥스퍼드 면은 비싼 값을 치르더라도 아깝지 않을 만큼 충분히 오래 입을 수 있다.

청바지에 툭 하고 무심하게 입을 수 있는 박스형은 기본 핏보다는 가벼운 소재가 좋지만 그렇다고 힘없이 후들거리는 소재는 피해야 한다. 적당히 힘이 있으면서

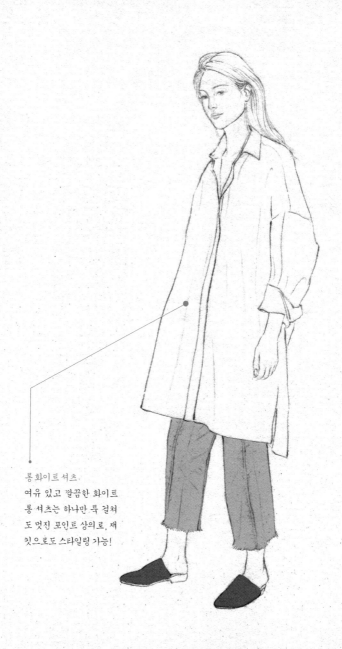

롱 화이트 셔츠.
여유 있고 깔끔한 화이트
롱 셔츠는 하나만 툭 걸쳐
도 멋진 포인트 상의로, 재
킷으로도 스타일링 가능!

조직이 촘촘한 면 소재가 좋다. 편안하고 활동에 제약이 없어야 하니 충분히 여유가 있되 옆에서 본 셔츠의 뒤쪽이 브래지어 끈 근처에서 둥그스름해지다가 엉덩이 위치에서 살짝 당겨지듯 내려오는 핏이 예쁘다.

롱 셔츠는 입었을 때 부담스러울 것 같은 기장보다 아주 조금 짧은 것으로 고르자. 보통은 무릎 위 허벅지 끝 정도에 오는 기장인데, 설령 그보다 길더라도 밑단에서 한 뼘 정도의 트임이 있다면, 걸어 다닐 때 지장도 없고 허벅지가 얇아 보이고 다리가 짧아 보이지 않는 옆모습에 흡족한 점수를 줄 수 있을 것이다. 박스형과 비슷한 소재여도 좋고 옥스퍼드 면이어도 상관없는데 핏은 기본형과 박스형의 중간쯤이면 적당하다.

청바지

청바지는 스판기가 없는 것을 추천한다. 스판기가 있으면 처음에 착용감이 편하고 좋을지는 몰라도 청바지 고유의 소재인 데님의 매력에 비하면 쨉이 될 수 없다.

스판기가 너무 많은 스키니인 경우에 실패 사례가 가장 많은데, 처음에 섹시해 보이던 내 엉덩이가 뭐라도 싼 듯 힘없이 축 처져 방석 같고, 공기 빠진 풍선처럼 꺼져 있는 꼴이 영 추레하다. 그에 반해 스판기가 없는 데님인 경우 처음에는 좀 뻐세다는 느낌이 있을 수 있는데, 불편하다면 사이즈를 높이거나, 세미 핏 데님을 입어 보길 권한다. 데님은 입으면 입을수록 내 몸에 길들게 된다. 그것도 아주 예쁘게. 점점 부드러워지고 자연스러워지는데 요즘에는 가공 기술이 좋아 면바지와 같은 착용감을 주는 소프트 진도 많이 나와 있다.

주름지는 부분에 억지로 물을 뺀 워싱 진 말고 전체적으로 고르게 워싱된 컬러를 고르자. 실밥을 긁어내 찢어져 있거나 조각 천을 덧대고 그 위로 박음질이 난무한 디자인 말고, '저는 청바지입니다'라고 정직하게 말하는 깔끔한 데님.

데님을 입은 모습이 기대에 미치지 못했다면 밑단을 접어 발목을 드러내 보자. 양말을 벗어야 제대로 된 모습을 볼 수 있으니 되도록 맨발인 채로 스타일을 살펴보자. 청바지에 블랙 재킷을 매치하고 구두를 신을 수도 있으므로 까치발을 한 상태의 핏도 보자. 잘 고른 데님이라면 플랫슈즈든 단화든, 굽이 청키한 하이힐이든 다 소화해 낼 테니 매치할 신발 걱정일랑 하지 말자.

초콜릿색 구두

9센티 하이힐을 신고 뛰어다니던 시절이 있나 싶게 언제부터인가 편한 슬립온이나 기능성 맞춤 신발을 신고 있다면, 5센티를 넘지 않는 구두 하나쯤에는 꼭 도전해야 한다. 아직 내 무릎관절이 인공이 아니라면.

너무 얇은 뒷굽 말고 발뒤꿈치에 쏠린 내 몸무게를 받쳐 줄 수 있게 두께감이 적당한 굽이 좋다. 앞코가 너무 둥근 것은 피하고 네모로 뚝 잘린 것도 말고 시옷 자

모양의 디자인이면 절대 유행을 타지 않는다.

구두를 자주 신을 것이 아니라면 다양한 컬러로 갖출 필요도 없다. 초콜릿 밤색, 블랙, 스킨 컬러 세 가지면 좋겠지만 딱 하나만 고르라면 초콜릿 밤색이다. 블랙이 진리인 줄 알았는데 블랙만큼 자주 손이 가는 컬러가 초콜릿 밤색이다. 밤색이 스타일을 연출하는 데 어렵게 느껴진다면 초콜릿색도 좋다. 올 블랙 차림에도 화사한 크림 톤의 룩에도 자연스럽게 녹아들어 초콜릿 같은 중독성이 있다.

진주 귀고리와 진주 목걸이

값비싼 진주는 한 개도 없다. 인조든 양식이든 부담 없이 사고 잃어버려도 '에잇, 다시 사야겠네' 할 수 있는 정도의 가격이면 충분하다. 나는 주로 6밀리 사이즈를 착용한다. 귓불 안으로 진주가 알맞게 고정되고 단아하고 소녀 같은 느낌이 나면 딱 적당하다.

　그보다 더 큰 사이즈들도 있는데 나는 안경을 끼지 않아야 하는 차림일 때, 풀메이크업이 심심할 때, 과감한 존재감이 필요할 때 가끔 착용한다. 이때는 헤어스타일도 파격적이거나 목선을 시원하게 드러낸 스타일이어야 진주만 과하다는 느낌을 피할 수 있다.

　진주 목걸이 역시 잔잔한 6밀리 크기의 알맹이들이 길게 늘어진 것을 가장 즐겨 하는데, 웬만해서는 목걸이가 다는 보이지 않게 연출한다. 셔츠 깃 사이나 니트 속, 또는 원피스 안에서 나의 움직임에 따라 보일 듯 말 듯, 조신하지만 그날 내 옷의 격을 높여 주는 한 끗의 역할에 충실하다.

내가 가진 진주 목걸이 중 최애템은 알이 굵고 주먹만 한 검은색 꽃이 달린 목걸이인데 아주 심플하고 단조로운 블랙 룩에 여성스러움을 강조하고 싶은 중요한 날 착용한다. 비싼 명품이 아니고 동대문에서 찾아낸 액세서리인데 그 목걸이를 착용한 날이면 어김없이 탐내는 시선을 보내며 구해 줄 수 없냐는 부탁을 구해 내라는 협박처럼 하는 이들이 있다.

블랙 가죽 시계

내 몸에 단 하나의 액세서리를 허락한다면 망설이지 않고 시계를 집어 들겠다. 그렇다고 내가 시계 장인이 만든 명품 중에 명품을 모으는 컬렉터는 아니다.

내가 처음 반한 시계는 일본 신주쿠역 빔스 매장에서 본, 우레탄 소재 줄이 달린 검정 전자시계였다. 광이 없는 골드에 가까운 베이지색 사각 프레임 디자인이었다. 그 심플하면서도 스포티한 맛이 참 좋았다. 나이가 들고 스타일이 변하면서 애착이 가는 시계도 바뀌었는데 스틸도 갈색 가죽도 블랙 가죽 시계만큼 오랜 시간 함께하지는 못했다.

나는 지금도 매장에서 손님의 스타일링을 해 줄 때 왜 시계가 필요한지 보여 주려고 내 손목시계를 하루에도 몇 번씩 풀었다 채우기를 반복한다. 지금까지 잃어버리지 않은 걸 보면 우리 매장 손님들이 참 양심적이다.

피팅 룸에서 갈아입고 나온 룩이 끝인가 싶을 때 여지없이 검정 가죽 시계를 허전한 팔목에 둘러 주면서 눈으로 확인시킨다.

"보이시죠? 있고 없고의 차이."

손님은 당장에라도 시계를 사러 갈 듯한 반응으로

연신 고개를 끄덕이며 장단을 맞춘다.

시계는 밖에 나갈 때 휴대전화를 챙기듯 무조건 챙긴다. 나는 시계가 원래 내 몸에 붙어 있는 것인 양 매일매일 차라고 나에게 세뇌한다. 내 피부가 꽤 하얀 편인데도 왼팔 손목 언저리에 허연 시계 자국이 있다. 거울을 볼 때, 자판을 두드릴 때, 운전할 때, 휴대전화를 만질 때…. 언뜻언뜻 보이는 내 손목이 나는 그렇게 예쁠 수가 없다.

그레이에 카키 한 방울,
피치 & 크림, 목단 스타일 컬러 매칭

옷을 이야기하면서 절대 빼놓을 수 없는 영역이 바로 색color이다.

20년 가까운 세월 동안 옷을 다루고 있는 나도 내가 소화할 수 있는 컬러와 아닌 컬러가 무엇이라고 딱 부러지게 결론 내리기가 여전히 쉽지 않은데, 매장에 온 많은 손님이 자신에게 '어울리는 색이다, 아니다'를 단호하게 말하는 것을 보면 놀랍기만 하다.

그러고 보니 살면서 내가 좋아하는 색, 안 좋아하는 색은 있어도 나에게 어울리는지 아닌지를 놓고 색을 고민해 본 적은 없는 듯하다. 예를 들어 '나는 빨강은 안 어울리는 것 같아'라고 생각한 적이 없다는 말이다. 빨간 옷이나 빨간색 소품은 내 옷장에서 보기 힘들지만, 태양초 고추장 같은 빨강 립스틱이 여러 개이며 나를 상징하는 이미지의 한 부분으로 여기고 있다.

언제부터인가 자동차나 가전제품 등이 다양한 색상으로 출시되어 기능성이나 디자인 외에 색상도 골라야 하니 그만큼 제품을 선택하는 우리의 고민이 늘어났다. 기업 이미지나 브랜드를 표현하는 광고 배경, 로고나 문구에서도 색은 분위기나 상징을 표현하는 아주 중요한 수단이 되었다.

나는 컬러를 전공한 컬러리스트도, 퍼스널컬러를 정확하게 진단할 수 있는 전문가도 아니기 때문에 더 깊이 들어갈 수는 없다. 여기서 퍼스널컬러가 생소한 분이 나만큼이나 있을 터, 인터넷 녹색 창을 빌려 그 의미를 짧게 풀이하면 눈동자, 머리, 피부 등 사람이 태어나면서 가지는 고유의 신체 컬러 정도 되겠다. 이 신체 컬러와 어울리거나 어울리지 않는 색을 구분할 수 있고 신체 컬러와 조화를 이루는 색은 사람을 생기가 돌고 활기차게 보이게 하는데 이런 색 역시 퍼스널컬러라고 한다.

의미만 놓고 보면 저마다 퍼스널컬러만 정확히 알면 옷 입는 데 아주 유용한 정보가 되겠지만, 한편으로 일정한 틀에 갇혀 버릴 수도 있지 않을까 하는 우려를 숨길 수 없다. 매일 입는 옷, 적어도 하루에 두 번은 갈아입을 텐데 그때마다 퍼스널컬러를 운운할 수 없는 바쁜 현실에서 난 그저 '실패율이 적은 컬러' 또는 '질리지 않는 컬러'와 그렇지 않은 컬러로 구분하고 싶다.

세월이 세월이니만큼 결코 적지 않은 색상의 옷을 접하고 사 보며 실패도 해 봤다. 그런 과정을 거쳐 내가 좋아하고 목단에서 선보이는 색상은 뭐라 한마디로 단정 지을 수 없는 컬러가 대부분이다. 파랑을 한 방울 '톡' 떨어뜨린 회색이나 회색을 쪼르륵 부어 섞은 카키,

핑크가 '토독' 하고 튀어 버려 섞인 베이지….

앞으로 소개할 다섯 가지 컬러는 내가 입어 보고 입혀 본 컬러 중에서 가장 질리지 않고, 가장 많은 분이 소화해 내는 색상이다. 아무리 없어도 다섯 컬러의 옷은 가지고 있어야 한다는 말일지도 모르겠다. 내가 평소 즐기지 않는다고 해서 어울리지 않는다고 생각하지 않았으면 좋겠다. 다양한 소재와 많은 디자인이 있으니 특정 컬러에 집착하지 말고, 꼭 자신에게 맞는 디자인으로 찾아내길 바란다.

블랙

어떤 디자인으로 옷을 만들든 무조건 제작한다는 기본 컬러 블랙. 목단에서 옷 샘플 작업을 할 때면 블랙 계열의 조각 천들을 놓고 직원들의 의견이 분분하다.

내가 말하는 블랙은 하얀 먼지 한 올만 붙어도 단번에 보이는 새까만 색이다. 검정 중에서 가장 분명한 색의 검정. 당신을 아주 깔끔하고도 곧아 보이게 하는 색상이다. 화려하면서도 가볍지 않은 카리스마가 필요할 때 유용할 것이다.

머리부터 발끝까지 올 블랙 룩을 선보이고 싶다면 컬러 매치에 신중해야 한다. 상하의를 똑같이 검정으로 입어도 원단 종류나 검정 컬러의 명도에 따라, 혹은 빛이 들이칠 때마다 색이 달라 보이므로 입을 때 꼭 조심해야 한다. 자칫 잘못 입으면 한쪽은 색이 바랜 듯한 인상을 줄 수 있는데, 이럴 때는 똑같은 컬러감의 검정을 맞추려고 하지 말고 아예 다른 원단을 매치하는 게 팁이다. 블랙 스웨터에 블랙 가죽, 블랙 실크 셔츠에 블랙 코듀로이 스커트, 블랙 면 티에 블랙 진 등을 연상하면 이해가 쉬울 듯하다.

단, 어깨나 목뒤에 우수수 떨어진 비듬은 수시로 확인해야 한다. 블랙은 신경 써야 할 컬러임을 명심하자.

그레이

실패율이 적은 대표적인 컬러다. 그레이를 찾아보니 게인스보로gainsboro, 라이트 그레이, 실버 그레이, 다크 그레이, 라이트 슬레이트 그레이light slate gray, 슬레이트 그레이, 딤 그레이dim gray, 다크 슬레이트 그레이 등 그 종류가 많은데, 뒤로 갈수록 무슨 말인지 나조차도 잘 모르겠다.

이런 전문용어, 옷 살 때 하나 필요 없더라. 내가 말하는 회색은 흔히들 알고 있는 멜란 그레이다. 짙을수록, 즉 그레이 컬러에 검정 실이 많이 보이는 색을 차콜 그레이라 한다. 이 색은 차가운 겨울날 핫초코를 마시러 나갈 때 입고 싶은 멋진 컬러다.

멜란 그레이든 차콜 그레이든 울 함량이 높은 소재의 니트일수록 그 색감이 멋지게 잘 표현되는데, 뭉게뭉게 피어난 잔잔한 흰 실과 그레이 컬러감이 어우러지면 포근하고 고급스러워 보인다. 조직감이 치밀하고 얇은 소재일수록 다른 색이 섞이지 않은 깨끗하고 선명한 회색을 사용해야 하는데, 광택이 살짝 도는 원단이라면 빛에 따라 고급스러움이 극에 달한다.

저렴하면서도 예쁜 회색 옷을 찾기란 쉽지 않다. 가격이 저렴해서 선뜻 구입했는데 있는 대로 달라붙거나 '지지직' 소리가 나고 정전기가 일어난다면 울이라고 믿고 산 옷의 소재가 사실은 아크릴 함량이 높은 경우다. 또는 날씨가 건조한 탓일 수도 있는데 어차피 회색은 날씨가 건조한 봄가을, 겨울 옷에 많이 들어가는 컬러인 만큼 적당한 가격 선에서 다양한 그레이를 경험해 보기 바란다.

크림

말 그대로 크림이다. 우유색이라고도 하는데 차갑고 시원한 흰색보다 따듯한 느낌을 주는 고운 흰색이라고 말하고 싶다. 다양한 컬러와 자연스럽게 매치되는데 여성스럽고 단아한 느낌을 표현하고 싶거나 온화한 분위기가 필요할 때 선택하면 좋을 색상이다.

실제로 딸 가진 어머니들의 상견례 차림에 많이 권하는 색상인데, 캐주얼하거나 경쾌한 화이트보다 한층 기품 있고 고급스럽다. 맞선 자리, 첫 데이트, 첫 생일을 맞이하는 돌 드레스 색상으로도 좋다.

흔히 생각하는 여성스러움을 표현하고 싶다면 주저 없이 선택하되, '통통'을 넘어 '뚱뚱'하다는 이유로 피하기만 했다면 얇고 하늘하늘한 소재의 블라우스로 시작해 보길 권한다.

피치

잘 익은 복숭아 속살을 연상하면 된다. 피치라고 단정 짓기보다는 베이비 핑크나 로즈 핑크를 함께 떠올려도 좋다.

피치 핑크는 많은 핑크 종류 중에서 진달래를 연상시

키는 분홍색보다 훨씬 더 많은 컬러를 매치할 수 있는데, 여성스러움의 극치를 보여 줘야 하는 날이라면 아이보리나 크림색, 크림 베이지 등 여성스럽고 단아한 컬러와 매치해 보자. 작은 진주 귀고리 하나만 더해도 품위와 기품은 물론 세련된 이미지까지 기대할 수 있다.

피치는 의외로 밤색과 좋은 조화를 이루는 컬러이니 초콜릿색 계열의 구두를 신거나 백을 들면 훨씬 더 센스 있게 보일 것이다. 또한 피치는 차분한 회색 즉 비둘기색이나 쥐색도 소화할 수 있고, 비비드한 즉 선명한 컬러와도 잘 섞인다. 보라색을 딱 한 방울 섞은 듯한 선명한 블루, 올리브색이나 다크 올리브, 그게 어렵다면 잘 익은 오이지색과도 멋진 배색을 이루니 마음에 담고 있는 피치 블라우스가 있다면 다양한 시도를 해 보면 좋겠다.

한 가지 주의해야 할 점은 이토록 다양한 컬러를 소화하는 피치를 선택할 때 과도한 볼터치만은 피해야 한다는 것이다. 카페처럼 노란 조명이 많은 곳에서는 낮술 한 듯 벌게 보여 괜한 오해를 살 수 있다. 까무잡잡한 피부일수록 의외로 매력적일 수 있으니 여름마다 태닝을 한다면 수영복 컬러로도 손색이 없겠다.

화이트

많은 사람이 화이트를 가장 기본적인 컬러라고 생각한다. 하지만 나는 화이트를 가장 특별한 컬러라고 정정하고 싶다. 오죽하면 인생에서 예쁘다는 소리를 가장 많이 듣는 결혼식의 웨딩드레스에도, 소중한 가족을 하늘로 보내는 장례식의 소복에도 화이트를 쓰겠는가!

화이트도 블랙만큼이나 선명하고 깨끗해야 한다. 화이트와 블랙의 조합은 내가 중요하다고 생각하는 날에 어김없이 즐기는 코디이기도 하다.

우중충한 날에 검정 바지 밑으로 보이는 흰색 운동화 앞코만 봐도 경쾌해지는 건 나뿐일까? 손가락 하나

화이트 컬러 활용
기본 화이트 셔츠가 있다면 하의
는 핀턱이 들어간 블랙 와이드
통 슬랙스를 입고 거기에 화이트
운동화를 신는다.

까딱하기 귀찮은 날 아침, 새로 산 빳빳한 화이트 셔츠
만큼 반가운 녀석이 있을지. 화이트는 그런 거다. 그래
서 많으면 많을수록 좋은 색상이다.

늘 나에게 새로운 기분을 선사해 줄 것 같은 희망의
컬러. 적어도 나에게는 가장 멋지고 특별한 컬러라고
말하고 싶다. 내 생각에 동의한다면 떡볶이 국물 따위
는 겁내지 말고 잘 입고, 잘 보관하자.

옷을 입을 때 놓치지 말아야 할
의외의 포인트

빗소리가 요란한 장마가 끝나면 그야말로 햇볕 쨍쨍한 날씨가 이어진다. 날이 더운 만큼 시원하고 통기성이 좋은 원피스에 손이 가기 마련인데, 이놈의 팔뚝 때문에 민소매 원피스만 달랑 입고 나설 수가 없다. 어김없이 원피스와 한 세트처럼 카디건을 입고 나간다.

하루는 횡단보도 앞에서 파란불이 켜지기를 기다리다가 맞은편에 있는 은행에서 나오는 여성한테 시선이 갔다. 짧고 경쾌한 단발머리와 뽀얀 피부, 빨간 립스틱만 달랑 바른 이목구비가 또렷한 얼굴. 딱 연예인 최화

정 씨를 연상시키는 미모였다.

무릎을 충분히 가리는 길이의 원피스는 주먹만 한 흰색 물방울무늬가 선명한 블랙 원피스였는데, 적당히 풍성하고 힘이 있었다. 잘록한 허리를 그대로 드러내지 않고 적당히 여유 있는 짤막한 화이트 카디건을 걸쳤는 데 살포시 가려진 팔뚝에 제법 살이 있어 보였다. 그래 도 민소매 원피스에 자연스레 카디건을 걸쳤겠거니 싶 어 크게 거슬리지 않았다.

오호! 여름 원피스의 정석을 보나 싶은 순간, 그이 뒤 에서 걷던 내 눈에 보인 훤한 다리 실루엣. 맙소사, 그이 가 해를 등지고 있어 마가 섞인 면 소재 치마에 앙상하 게 휘어진 허벅지가 비치는데 어찌나 민망하던지. 팔뚝 가릴 카디건 말고 속바지를 챙겨 입었더라면 훨씬 더 완성도 높은 원피스 룩이 되었을 것이다.

사람들이 검정만큼이나 자주 입고, 편하게 받아들이 는 컬러가 남색, 흔히 말하는 네이비다. 여성들이 화장기 없는 민낯에 입어도 이목구비가 또렷해 보여 화장이 옅어지는 여름에도 잘 어울리는 색상이다. 블루 셔츠를 입으면 예쁜 봄에도, 스트라이프 셔츠를 입으면 예쁜 어느 평범한 날에도 남색 니트를 무심히 어깨 위에 툭 하고 걸치면 귀티가 난다. 네이비는 무난한 컬러를 선호하는 이들에게도 좋은 색상이라 말하고 싶다만, 무난하다는 이미지가 강해서인지 내 옷장에서 차지하는 비중은 적다.

나보다도 지우 아빠가 좋아하는 컬러로, 턱선 바로 아래 목젖을 충분히 가리는 겨울용 터틀넥 옷이 많다. 아이보리 양털이 연상되는 뽀송한 울 점퍼나 캐시미어가 섞인 캐멀색 코트나 재킷, 밤색 양가죽, 청 재킷 등에 받쳐 입으면 남색 이너 하나가 열 재킷 부럽지 않을 만큼 인물까지 훤해 보인다. 굳이 내가 입지 않아도 지우 아빠를 통해 대리만족을 하는 색상인 셈이다.

그런데 남색과 같이 짙은 색상의 옷을 즐겨 입는 사

람들이 꼭 알아 둘 것이 있다. 요즘 남녀 구분 없이 건성피부도 많고 아침저녁으로 샤워를 하는 시대여서 보디로션을 꼬박꼬박 바르는 것쯤은 당연한 습관으로 여기는 이들도 있겠으나, 행여 팔다리에만 집중적으로 바르지는 않는지 돌아보길 바란다.

나는 지우 아빠가 그 멋진 터틀넥 스웨터를 입고 나서는 날이면 자꾸만 목 주변으로 눈이 가고, 걷어 올려 접은 소매 안쪽을 거듭 확인한다. 혹 피부 각질이나 비듬이 떨어지지는 않았는지, 니트 조직 사이사이에 싸라기눈처럼 흩뿌려져 박혀 있지는 않은지…. 누구든 꼼꼼히 살펴야 할 아주 중요한 포인트다. 길 가다가 멋진 옷을 입은 사람과 마주칠 때도 '아!' 하고 감탄 아닌 탄식이 새어 나올 때가 제법 많다.

여름에 짧은 반바지나 스커트를 입고 나설 때면 드러나는 종아리보다 무릎 뒤쪽 오금에 때가 끼지 않았는지 신경 써야 한다. 몸매에 자신이 있어 타이트한 니트

원피스를 입는다면 엉덩이가 피자 조각처럼 갈라져 보이지 않도록 이음새가 없는 팬티를 입어야 하며, 명품 반팔 티셔츠의 로고가 무색하지 않도록 팔꿈치가 새까매지지 않게 관리하는 치밀함을 잊지 않았으면 좋겠다.

값비싼 캐시미어 니트를 입은들, 바다 건너온 몇 백만 원을 호가하는 양가죽 재킷을 입은들 무엇 하리. 옷을 제대로 입으려면 가격, 배색의 조화, 맵시 따위를 고려해 옷을 신중하게 선택하는 만큼이나 드러나지 않는 부분도 신경 써야 한다는 얘기다.

민소매 원피스를 당당하게 입고 나섰는데 어깨에 슬쩍 내려온 브라 끈에 송골송골 보풀이 맺혔다면 멀쩡한 속옷 하나 없는 안쓰러운 사람으로 보일 수도, 들고 있는 명품 백마저 짝퉁으로 의심받을 수도 있음을 새겨주시길.

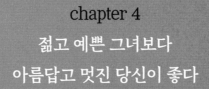

chapter 4
젊고 예쁜 그녀보다
아름답고 멋진 당신이 좋다

나이가 듦에 따라 그동안의 수고와 업적이 남긴

주름과 흰머리를 사랑해야 한다.

자, 다시 거울을 마주해 보자. 그 속에 삶을 잘 살아 내는

현명하고 성실한 사람이 있다. 예쁘지 않은가?

선배라는 무게를 감당할
스타일을 만들자

꽤나 비싼 값을 치르고 산 정장을 어색하게 입고 어정
쩡한 모습으로 다녀도 나름 풋풋했던 사회 초년생 시절
이 언제였던가. 아래에서 치고 올라오는 후배들에게 무
시당하지 않으려고 퇴근 후 남몰래 독서실을 다니고,
왕따는 피하자며 보살 같은 마음으로 지갑을 여는 당
신은 여러 후임을 둔 상사.

후배들이 당신에 대해 이야기한다면 뭐라고 할지 생
각해 본 적 있는가? 당신은 후배들로부터 어떤 말을 듣
고 싶은가?

나는 인생에서 닮고 싶은 롤 모델보다 '나는 저러지 말아야지'라고 타산지석으로 삼아야 하는 선배가 더 많았던 것 같다. 그래서인지 '나는 멋진 선임이 돼야지' '진짜 멋있는 오너가 되어야지' 하고 결의를 다지곤 했다. 내가 누군가에게 롤 모델이 될 수 있다면 참 멋있을 것 같다. 스스로 대견하고 말이다.

'나를 따라 하고 싶은 사람이 있을까? 나는 누군가가 따라 하고 싶은 사람일까?'

인생의 절반에 가까운 나이를 바라보고 있다면 한번은 생각해 볼 문제다.

경력이 단절된 친구들 사이에서 여전히 현역으로 뛰고 있다면 그 멋진 훈장을 즐기자. 단, 그 위치에서 절대 풍기지 말아야 할 이미지가 있다. 바로 '만만함'이다. 이 나이에도 남들과 필사적으로 경쟁하고 안간힘을 쓰며 버티고 있다는 것을 후배들에게 들키지 말자. 퇴직 후 불안한 노후가 걱정되어 한숨짓고 초조해하는 모습은 철저히 숨겨야 한다.

내가 있는 곳이 회식 자리이든 백화점이든 동네 마트든 어디에서든 만만하게 보이지 말자. 무조건 세게 보이라는 뜻이 아니다. 부드러우면서도 단단해 보이고, 없어도 여유 있어 보이고, 돈보다 일 자체를 즐기는 모습으로 당당히 서 있길 바란다.

내가 하이힐을 신고 출근하면 우리 직원들은 내 컨디션이 좋지 않다는 것을 다 안다. 몸이 안 좋은데 옷이 편하고 발까지 편하면 집에 있는 포근한 침대가 생각나고 자꾸 눕고 싶다. 그런데 하이힐은 나를 긴장시키고, 일하는 중이라는 사실을 걸을 때마다 인식하게 해 준다. 몸이 안 좋으면 하이힐을 신는 습관이 이상한 똥고집일지도 모르겠으나 지금의 나로 이끈 힘이기도 하다.

승진과 더불어 오르는 연봉에는 품위유지비가 포함되어 있다고 생각하라. 제발 옷도 좀 사고 머리도 좀 하라는 회사의 무언의 메시지임을 눈치채기 바란다.

체형, 이미지, 인상까지 바꾼 세월,
그 흐름에 맞는 스타일 찾기

- 내 옷들이 옷장에서 몇 년째 동거하고 있는가?
- 그 옷들을 입고 당당했던 시절은 몇 년 전인가?
- 언젠가 입겠다고 벼르고 놔둔 옷이 몇 벌이나 되는가?
- 지금 입어도 그때 그 시절의 만족도 그대로인가?

정곡을 찔린 듯 가슴이 뜨끔거릴 그대의 옷장에는 엊그제 산 것 같은 비주얼 그대로 5년 이상 묵은 옷들이 있을 것이다. 대체 그때 왜 꽂혔는지는 알 수 없는데 입어 보면 그다지 나쁘지는 않고 당시 치른 값이 자꾸 떠올라서 버릴 수도, 그렇다고 입고 나가자니 어딘지 모르게 촌스러워 보여 차마 손이 가지 않는 옷들.

더 큰 문제인 사람들은 지금 입는 옷들이 산 지 10년도 더 된 이들이다. 10년이면 강산도 변한다는데 그 세월 내내 10년 전 그대로를 유지하고 있는가. 아니면, 옷은 그저 껍데기이고 쓸데없는 치장이라 여기며 무소유의 삶을 실천하고 있는가. 수년 전에 샀지만 지금 입어도 손색없을 만큼 세련된 디자인이라 입고 있으면 자신감을 주는 옷은 제외한다. 나도 그런 옷이 있으니까.

오래 고수해 온 스타일이 진정 표현하고 싶은 자신의 이미지와 맞아떨어져서가 아니라, 무난하고 편해서 그냥 유지한다는 쪽이라면 당장 거울 앞에 서 보자. 지금 입고 있는 옷이 산 지 불과 2년밖에 되지 않은 것일지라도 그 2년 동안 자신에게 어떤 변화가 있었는가. 살이 쪘는가 아니면 빠졌는가? 체형의 변화는 없는가? 그때보다 생활이 편안해진 덕에 안색이 더 좋아졌는가, 반대로 굴곡진 사연들로 난생 없던 미간 주름이 지고 기미가 끼고 색소침착이 일어나지는 않았는가? 거울 앞에서 자신을 잘 살펴보자.

꽤 잘 어울리던 옷들이 언제부터인지 영 태가 안 나는 것 같고, 분명 잘 입던 옷인데 이상하게 안 어울리는 것 같은데도 내 옷이니까 그냥 입고 있다면 자신의 현재 모습을 받아들여야 한다. 이제는 그 옷들이 안 어울리는 나이가 된 것이다. 다시는 예전의 몸매로 돌아갈 자신도 없고, 설사 치수는 엇비슷하게 고수한다 해도, 변해 버린 인상은 어쩔 것인가. 얼굴은 어떻게 할 수 있는 문제가 아님을 인정해야 한다.

나이가 듦에 따라 그동안의 수고와 업적이 남긴 주름과 흰머리를 사랑해야 한다. 당신은 많은 일을 겪어 냈고, 때때로 엄청난 스트레스를 잘 견뎌 왔으며, 고비라 생각되는 순간에도 지혜로웠다. 자식을 챙기고 부모를 섬기며, 남편에게 맞추며 사느라 자신을 가꾸는 일이

뒷전으로 밀려도 괜찮다고 스스로를 위로했을 것이다.

여자라고 무시당하기 싫어 외모를 가꾸기보다 경력을 쌓고 상사에게 인정받고 남들 못지않게 승진하고자 바쁘게 살아온 자신에게 "기특하다" "수고했다" 말해 줄 수 있어야 한다. 설령 손에 물 한 방울 묻히지 않고 평안하게 살았다면 그런 삶이 그대로 녹아들어 여전히 고운 얼굴을 유지할 수 있게 한 타고난 복에 고마워해도 좋다.

밤잠을 설쳐 가며 키운 자식도, 힘겨운 몸으로 뜨신 밥을 지어 먹인 남편도, 이 한 몸 불사르며 청춘을 바친 회사도 알아주지 않는다. 자신이 어떻게 변한지도 모르게 바쁘게 살아온 당신에게 사람들은 자기 관리가 부족하다, 센스가 없다, 운동도 좀 하고 관리도 좀 받으라는 눈치만 줄 뿐이다.

자, 다시 거울을 마주해 보자. 그 속에 삶을 잘 살아내는 현명하고 성실한 사람이 있다. 예쁘지 않은가? 이

제 나를 보듬어 주고 예뻐해 주지 않겠는가? 보풀이 일
어날 만큼 질리도록 입은 옷들을 벗어 던지고 스타일이
라는 것을 좀 바꾸고 싶지 않은가? 더 늦기 전에 내 스
타일이 뭔지 알아내고 내가 가장 돋보일 스타일을 찾아
나서야 하지 않는가!

오늘 이 시간, 지금 이 순간이 당신이 가장 젊은 때라
는 사실을 잊지 말자.

매너가 스타일을 완성한다

손님들 중에는 머리부터 발끝까지 보통 사람들은 잘 모를 고가의 명품으로 치장했지만 고급스러워 보이는 인상을 매너로 인해 깎아 먹는 사람들이 있다. 예전에는 명품 애호가들이 우리 옷을 좋아해 주면 자부심을 느꼈는데, 이제는 우리 가게에서 돈을 많이 쓴들 매너가 좋지 않으면 나는 그 사람이 멋있거나 매력적이거나 우아해 보이지 않는다. 아무리 비싸고 좋은 옷으로 멋지게 스타일링했더라도 품위 있어 보이지 않는다.

반면에 늘 수수한 차림인데도 무척 인상적인 손님이 한 분 있다. 명품이 있다면 안경, 시계 정도. 그 두 가지가 그분의 개성을 나타내는 것 같았다. 매번 안경이 똑같지는 않는데 다 비슷하고, 안경알도 하나같이 일정한 크기를 벗어나지 않았다. 자기만의 고집이 있다는 의미다. 시계는 딱 하나, 그분의 인생템인 것 같았다. 무슨 옷을 입든 항상 그 시계를 고수했는데 희한하게 어떤 스타일링에도 그 시계가 잘 어울렸다.

그분과 대화해 보면 모든 세상사에 귀 기울일 줄 아는 것 같았다. 일대일 인간관계뿐 아니라 이 세상에서 일어나는 모든 일에 나름대로 관심을 가지고 있었다.

한번은 '젊었을 때 해 볼 것 다 해 봐서…, 저 때 저런 열정 좋지, 부럽다. 나도 저 사람들에게서 저런 부분은 배워야지' 이런 말을 툭 내뱉으시는데, 그때 그분이 입은 아이템들은 내가 모르는 명품일 수도 있겠다는 생각이 들었다.

몇 백만 원어치를 사 가는 매너 없는 손님보다 8만 원짜리 하나, 10만 원짜리 하나 사 가는 그분과 이야기 나누는 것이 나는 훨씬 재미있고 값졌다. 그분이 우리 옷을 입고 다니는 것이 무척 감사했다. 고가의 명품 바지일지도 모를 바지 위에 3만 2000원짜리 목단 티셔츠를 입고, 그 사람만의 연륜이 묻어나는 안경에, 인생템 시계를 차고 그 사람만의 고집이 그대로 묻어나는 반백의 머리를 그냥 졸라맨 그 모습이 무척이나 편안해 보였다.

어느 날 오전, 영업 준비를 막 끝낸 이른 시간이었다.

"나 같은 할머니가 입을 옷도 있나요? 내가 너무 일찍 왔죠?"

은빛 웨이브 머리를 정갈하게 양 귀로 넘기고 고운 피부에 온화한 표정으로 매장에 들어오는 손님이 있었다. 그분이었다. 한동안 발길이 뜸해서 그러지 않아도 안부가 궁금하던 터라 무척 반가웠다.

언제나 그랬듯이 그날도 대화하는 내내 말끝을 높이셨다. "이건 어때요?" 하는 물음에 대답해 드리면 설명이 끝날 때까지 눈을 맞추고 귀를 기울이며 절대 말을 끊는 법이 없으셨다. 정리된 행어가 자신의 손길로 인해 흐트러져 다시 정리하는 수고를 들일까 싶어 어찌나 조심히 보시는지 오히려 내가 이것저것 편히 보시라 권유할 정도였다.

그리고 계산할 때 하시는 말씀.

"내가 첫 손님일 것 같아 현금도 찾아왔어요."

캬. 앞으로도 가끔 들르겠다며 가게를 나서는 그분을 위해 나는 얼른 문을 열어 드리고 배웅하는데, 가게 옆 골목에서 검정 세단이 나오더니 우리 가게 앞에 섰다. 기사분이 차에서 내려 짐을 건네받고 할머니를 태우고 떠났다. 그 차는 2, 3억 원대 하는 벤츠 마이바흐였다.

그날 그분의 모든 말과 행동이 계속 여운으로 남아, 나는 직원이 하나둘 출근할 때마다 영웅담을 전하듯 되풀이했다. 그리고 '정말 나는 아직 멀었다. 더 겸손해져야겠다'고 되뇌었다.

나도 저렇게 늙어 가야지. 그분처럼 될 수 있다면 나이 드는 것을 겁낼 이유가 없겠다 싶다. 이따금 그분을 뵐 때마다 가슴이 따뜻해진다.

또 한 분은 우리 매장 초창기부터 오던 동네 단골 사장님이 소개한 분이다. 사장님은 매너도 참 좋고 스타일도 좋은 분이다. 본인이 무엇을 입으면 예쁜지 훤히 알고 있어서 혼자 척척 고르고 역시나 예쁘게 소화한다.

하루는 사장님이 아는 언니라며 중년의 여성을 데리고 와서 근처 연희동에 산다고 소개했다. 그날은 우리 매장에 있는 옷들의 전체적인 분위기만 훑고 갔는데, 며칠 지나 내가 없을 때 그분이 와서 이것저것 마음에 든다며 옷을 80만 원 정도 구매해 갔다고 직원에게 전해 들었다.

또 며칠이 지나고 매장이 한창 바쁘던 주말 오후였다. 여름에 막 접어든 터라 더운 날이었는데 매장 앞에

커다란 SUV 외제 차량이 서더니 두 분이 내려 매장으로 들어왔다. 한 분은 낯이 익다 했더니 단골 사장님이 아는 언니라고 소개한 그분이었다.

"오늘은 사장 있나? 아 저기 있네, 사장."

우렁찬 목소리에 일순간 매장에 있던 모든 사람의 시선이 그분에게 쏠렸다. 인사인지 나와의 친분을 과시하려는 건지 모를 큰 소리에 나는 너무 당황스러웠다. 그분이 같이 온 사람에게 물었다.

"야, 너 뭐 마실래?"

"난 시원한 라테, 시럽 넣어서."

"어 여기, 나는 시원한 아메리카노 주고, 아이스라테, 시럽 넣어서."

당시에 우리 매장 한편에 테이크아웃을 할 수 있는 카페 공간이 있었는데, 그곳 바리스타가 내 친언니였다. 아니, 우리 막내 직원이 그 자리에 있었어도 기가 막힐 만큼 말이 짧았다.

"네, 음료 나왔습니다. 계산은 어떻게 해 드릴까요?"

언니 말에 그분은 의아하다는 듯 우리 점장을 쳐다보며 말했다.

"뭐야, 돈 받는 거야? 커피 마시러 오라며."

점장의 얼굴에 당황한 기색이 역력했다. 안 되겠다 싶어 내가 언니에게 '그냥 드리자'는 눈짓을 보내고 그분에게 말했다.

"네, 오늘은 그냥 드세요."

그분은 "신상 나온 거 뭐 없나?" 하고 묻더니 대답할 새도 없이 같이 온 사람에게 말했다.

"너 맘에 드는 거 있나 봐봐."

그이가 없다고 대답하자 "가자" 하고는 당당히 매장을 나갔다. 그 후 퇴근시간이 될 때까지 직원들은 모두 말이 없었다.

기분도 그렇고 해서 영업이 끝나고 직원들과 함께 맥주를 한잔했는데 역시나 그분 이야기가 나왔다. 그분이 일전에 80만 원 쓰고 간 날 이야기를 자세히 들어 보니 그날도 오늘 같았겠구나, 아니 사장이 있는데도 그 정도면 더 가관이었겠다 싶었다. 우리 직원들이 참 고맙고 기특하고 한편으로 마음이 짠했다. 그런 손님에게 점장이 웃으며 "꼭 옷 안 사더라도 종종 오셔서 옷도 보고, 저희 커피도 맛있으니까 커피도 드셔 보세요"라고 말했단다. 그래서 커피가 공짜인 줄 알았나 싶어 웃음이 나왔다. 기분이 착잡했다.

이틀 후, 단골 사장님이 들르셨다. 나는 인사를 나눈 뒤 두 손을 모아 마주 잡고 조용히 말했다.

"저… 그 언니라는 분…."

"아, 왔었죠? 옷 엄청 샀다던데."

"네, 근데 그분… 죄송한데 다시는 우리 매장에 안 오셨으면 좋겠어요."

"왜왜, 왜요, 무슨 일 있었어요?"

당황한 사장님의 물음에 소상히 일러바쳤다.

"미쳤나 봐…. 그 언니 왜 그랬대…. 내가 꼭 말할게요. 진짜 미안해요. 내가 대신 사과할게요."

사장님은 미안해서 어쩔 줄 몰라 하더니 급히 나가셨다. 그러고는 간식거리를 사 들고 다시 와서 우리 직원들에게 미안하다고 거듭 사과했다. 우리가 좋아하는 단골손님에게 사과를 받자니 너무 죄송했으나 그렇게라도 그분의 발길을 끊고 싶었다.

나는 돈을 싫어하지 않는다. 하지만 그런 손님의 비위를 맞추면서까지 벌고 싶지는 않다. 언제나 내가 핸들링할 수 있을 만큼만 팔고, 내가 감당할 수 있는 만큼만 욕심낸다. 그런 소신이 가끔은 욕을 먹는 빌미가 되기도 하지만, 내 주제가 그 정도여서 먹는 욕은 어쩔 수 없다고 생각한다.

유튜브 방송을 시작한 뒤로 정말 많은 사람이 찾아온다. 우리 가게에 와서 누구는 나를 흘끔흘끔 훑기도 하고 누구는 나를 손가락으로 가리키며 소곤거리기도 한다. 나는 난생처음 보는데 그들에게 나는 진작에 아는 사이다.

방송을 보고 반가운 마음에 달려와 주는 그 마음은 늘 고맙게 생각한다. 그렇다고 처음 보는 손님에게 "어머나 안녕하세요!"라며 살갑게 대하는 성격은 못 된다.

가끔은 시험대 위에 서 있는 기분이 든다. "어디 나 좀 입혀 봐요"라고 대놓고 말하는 손님도 있지만, 내가 먼저 반가워하고 먼저 나서서 본인을 봐 주나 안 봐 주나 한번 두고 보자는 분위기가 나를 죄어 올 때가 많아졌다. 그러면 나는 시선을 어디에 두어야 할지 모르겠고, 두 손에 식은땀이 차면서 숨 쉬기가 힘들어진다. 실제 요즘 내가 겪는 증상인데 왜 연예인들이 공황장애를 겪는지 조금은 이해가 간다.

장사를 하려면 간도 쓸개도 다 빼 줘야 한다는 말을 나는 제일 싫어한다. 내 소가지가 이것밖에 안 되고 마음의 소양이 부족한 탓이겠지만, 나는 손님도 대접을 받으려면 지켜야 할 예의가 있다고 믿는다.

나는 돈을 쓰러 왔으니 네가 돈을 벌려면 감수해야 할 마음고생을 받아들이라는 식의 사고방식은 적어도 내 영업장에서는 통하지 않는다. 아무리 값비싼 명품으로 칠갑을 해도 타고난 성품은 드러나기 마련이다. 한 사람의 모습을 결정하는 것은 얼굴도 아니요, 외형도 아니요, 그 사람의 성품과 매너다.

앞으로도 이 고집을 꺾지 않겠다. 물론 좀 더 세련되게 거절하고, 한편으로 나를 찾아 주는 손님들이 더욱 만족할 수 있는 서비스를 고민하겠지만, 연희동 사모 같은 부류의 손님은 우리 매장에서 얼마를 쓰든 '노 땡큐'다.

당신은 어떤 사람으로 보이고 싶은가. 어떤 모습으로 늙어 가겠는가.

칠순 엄마도 우아하게 만드는
심플한 옷 입기

엄마는 칠순이 갓 넘었다. 키는 나이 때문인지 조금 줄어 나와 별 차이가 나지 않는다. 153센티쯤 되시려나. 가슴은 큰 편이고 팔뚝에는 수십 년간 식당을 운영하신 관록이 고스란히 묻어난다. 상체는 통통하지만 골반이 작은 데다 허벅지와 종아리가 점점 약해져서 상체와 하체가 그야말로 극과 극이다.

엄마의 외형은 그다지 좋은 조건이 아니다. 하지만 엄마가 옷과 관련해 몸매를 탓하는 것을 본 적이 없다. 소화해 내지 못하는 옷이 있으면 오히려 "디자인이 틀

려먹었다"는 식이다.

누구나 한번쯤 엄마에게 선물할 옷을 골라 봤으리라. 아버지의 부도로 가세가 기운 시점부터 엄마는 반평생 동안 함바집, 기사 식당을 운영했다. 온종일 손을 물에 담그고 뜨거운 불 앞에서 지지고 볶으며, 겨울이면 방한 고무신(갈색 털이 깔린 검정 고무신)을 신어야 하는 일을 하지만 내가 엄마한테 선물할 옷을 고를 때 떠올리는 스타일은 엄마의 일과 무관하다. 일할 때 입는 옷은 작업복이니까 스타일로 치고 싶지 않다.

하루는 엄마가 입은 바지가 하도 기가 막혀 볼멘소리를 했더니, "그냥 싼 거야. 일할 때 막 입는 것"이란다. 대체 그런 건 어디서 샀냐고 물으니 퇴근길에 매일 들르는 사우나에서 샀단다. 나 같으면 아무리 싸도 절대 사지 않을 소재인 데다 앙상한 다리가 고스란히 드러나는 7부 레깅스 바지. 아무리 작업복이라지만 너무하다 싶었다.

나이에 맞지도 않을뿐더러 엄마의 부실한 하체를 더욱 강조하는 디자인이라 당장 버리라고 말하고 싶었지만 평소 엄마의 안목을 의심하지 않기 때문에 뒷말은 삼켰다.

'아, 엄마도 나이 들면서 어쩔 수 없는가.'

엄마가 칠순을 맞은 올해 4월, 나는 '이러다가는 쓰러지겠다' 싶을 만큼 바빴다. 안 되겠다 싶어 엄마 칠순을 핑계로 급부산행을 결정했다. 정기 휴일 외에 하루라도 문을 닫으면 절대 안 된다고, 가게 문을 가장 빨리 열고 제일 늦게 닫아야 한다던(게을러지는 순간 망한다는 나의 신념은 아마도 엄마의 영향일지도 모르겠다) 엄마는 막내 딸내미가 난생처음으로 제안한 모녀 여행에 흔쾌히 따라나섰다.

여행을 앞두고 가게에 와서 옷 좀 챙겨 가시라 했는데, 어렵게 짬을 내어 온 엄마는 역시나 내가 좋아하는 엄마 스타일로 나타났다.

화이트에 가까운 아이보리 라운드넥 니트, 그 위에 광택이 살짝 도는 밝은 베이지색 롱 재킷을 걸쳤다. 재킷은 프라다 소재(가볍고 물에 젖지 않는 나일론 소재)인데 적당히 힘이 있어 엄마가 움직일 때마다 바스락거리며 구김 같은 주름이 지는 것이 참 멋스러웠다. 그 위로 검정 테두리가 돋보이는 폴리에스터 소재의 스카프를 둘러 매듭짓고 안에는 진주 목걸이를 보일 듯 말 듯하게 걸었다. 그 덕에 폴리에스터 소재가 실크로 둔갑하는 느낌이 났다. 그리고 연한 파랑이 도는 밝은 회색 바지가 발등이 드러나는 위치에서 톡 하고 예쁘게 떨어졌다. 가벼운 양가죽 검정 단화는 소재가 얇고 충분히 길이 들어 엄마의 무지외반증 발을 편안하게 감싸고 있었다.

아마 엄마는 식당에 출근해서 재료 손질 등 오전에 해야 하는 준비 작업을 부랴부랴 마쳐 놓고, 허둥지둥 바쁜 걸음으로 집으로 돌아가 재빨리 샤워를 하고 옷을 골라 입었을 것이다. 딸내미가 대표로 있는 사업장

칠순 엄마의 옷입기
스카프를 매고 보일 듯 말 듯
진주목걸이를 연출하면 우아
하면서도 산뜻한 느낌을 줄
수 있다.

에 가는 부담이 있었을 테고 직원들의 시선, 방문 손님
들의 시선까지 고려해서 어느 때보다도 신중하게 입었
으리라.

엄마의 옷차림에서 그 세심함을 느낄 수 있었다. 적
당히 우아하고 화사하지만 튀지 않고 사치스럽지도 않
은 차림. 신경 쓴 티가 나는 듯하면서도 늘 즐겨 입는
옷을 걸치고 나온 사람처럼 편안해 보였다. 역시 100점
이었다. 차림 중에 명품이라고는 하나도 없지만 충분히
고급스럽고 멋스러웠다.

부산 여행의 코스는 호텔에서 쉬고, 근처 맛집에서
맛있는 음식 실컷 먹기였다. 그 목적에 맞는 옷을 고르
는 엄마의 눈이 빛났다. 신중한 시간이 흐른 뒤 엄마가
계산대에 올려놓은 옷은 깃이 있고 무릎 아래까지 일자
핏으로 내려오는 리넨 블랙 원피스, 톡톡한 면 소재에
여유가 있는 카키빛 베이지 롱 남방, 민트색의 가오리
핏 박시한 니트, 보카시 조직(여러 색실로 짠, 조직감이 선명하

게 드러나는 원단)의 모카색 9부 세미 통바지 단 네 가지였다. 민트빛이 살짝 도는 니트와 모카색 바지는 얼핏 보기에도 잘 어울렸다. 몇 년 만에 여행을 나서는 70대 여성이 고른 옷들이라고 하기에는 매우 심플하고 세련되었다.

엄마의 옷차림은 여행 당일부터 빛을 발했다. 기차를 타고 가니 편한 바지를 입을 것이라는 예상을 뒤엎고 리넨 블랙 원피스에 롱 셔츠를 걸친 뒤 오렌지, 블루, 블랙 등의 색상이 세련되게 섞인 스카프로 포인트를 더하고 애정하는 양가죽 단화를 신은 차림이었다.

수십 년 만에 가 봄 직한 5성급 호텔 로비에서도, 명품관이 즐비한 동양 최대 규모의 백화점에서도 엄마는 당당했고 기품 있었다. 2박 3일 여행 기간 내내, 옷 네 벌로 조합한 코디에는 7평 남짓한 족발집에서 장사하는 아줌마는 온데간데없었다. 손녀딸을 살뜰히 챙기는 점잖고 예쁜 할머니만 있을 뿐.

　호텔 내에서 사우나를 가고 조식을 먹을 때 입은 검정 옷은 가히 '신의 한 수'였다. 기계식 주름이 잔잔하게 들어간 소재에 원피스 길이로 떨어지는 8부 소매 상의와, 같은 소재의 통바지가 세트를 이루는 옷인데 땅딸한 엄마에게 정말 잘 어울렸다. 어느 한구석 몸에 들러붙지 않고 하늘하늘 멋스럽게 날리는 바지 밑단은 '나는 충분한 휴식을 취하고 갈 거다' '제대로 쉬고 있다'는 듯 여유로웠다.

　'우리 엄마 살아 있네! 역시 멋쟁이였어!'

　나는 엄마가 상황에 맞게 차려입는 센스를 높이 산다. 당신이 무엇을 입어야 편하고 예쁜지를 알고, 뭐든지 소화할 수 있다는 그 자신감을 칭찬하고 싶다.

　당신의 억척스러운 삶을 인상에서 드러내지 않으려고 늘 짓는 웃음, 이왕 만드는 음식이니 넉넉하게 준비해 이웃 상인들과 나누는 인심, 번거로울 텐데도 음식 냄새가 몸에 밸 새라 매일 사우나를 오가는 나름의 자

기 관리를 실천하며 비가 오나 눈이 오나 같은 시간 같
은 자리를 지키는 성실함이 고스란히 얼굴에 새겨 있는
할머니 아줌마. 그 주름에 어울리는 옷을 고르는 엄마
의 안목을 멋지다고 말하고 싶다.

예쁨보다 우아함을 입자

중년을 맞은 당신에게 섹시미는 없어도 원숙미가 있다. 보세 옷도 부티크 옷으로 둔갑시키는 분위기라는 게 있다. 10만 원에 벌벌 떨지 않을 만큼 간도 커졌고, 가짜도 진짜처럼 보이게 연출할 수 있는 멋진 나이라는 말이다.

목단 옷을 입어 주는 중년 손님들이 고마울 때가 많다. 우리 옷이 그분들 덕분에 값비싼 부티크 옷이 되는 순간을 자주 목격해서다. 손님들은 옷 덕분이라고 말하지만 똑같은 옷을 입는다고 누구나 그런 기품을 자아내지는 않는다. 정말이다. 그건 그 손님이 지닌 분위기다.

본인만 모르는, 아니 놓치고 있는 그 무엇이다. 앞서 소개한 수수한 손님은 연륜에서 묻어나는 오라를 지녔다.

나는 새것 같은 가방보다 손때 묻은 가방에서 더 매력을 느낀다. 예를 들어 내가 요즘 들고 다니는 가방은 나름 큰돈을 주고 산 비싼 아이템인데, 비가 와도 우산도 안 받치고 들고 다닌다. 보관할 때도 보충재를 채워 형태를 유지하려고 하지 않는다.

나는 모든 물건이 흠집이 나고 손때가 묻고 구겨지는 게 지극히 당연한 수순이라고 생각한다. 3년 전에 산 신발이 새것인 채로 있다면 이상한 거고, 10년 전에 산 시계가 아무리 비싼 명품 시계라도 흠집이 없다면 사용하지 않았다는 이야기다. 그럼 그건 실패한 아이템인 것이다.

나이가 지긋이 든 사람에게는 그 사람과 세월을 함께했겠다 싶은 것들이 있다. 옷이든 장신구든 물건이든 낡았어도 개의치 않고 사용하는 것들, 명품이든 아니든 세월이 그대로 묻어나는 것들 말이다. 사용감이 오래된 것을 가지고 있는 사람이 내게는 젊은 사람들보다 훨씬 아름다워 보인다. 젊은 사람들은 절대 가질 수 없는 그만의 매력을 지녔다고 생각한다. 그런 데서 그 사람의 오라를 느낀다.

나는 그저 그 분위기를 찾아 주려고 노력할 뿐이다. 평소에 어떤 옷을 입고, 무슨 일을 하는지 모르는 생판 남이기에 오히려 더 잘 볼 수 있고 찾아낼 수 있다고 생각한다. 되도록이면 늘 입을 것 같은 옷 말고, 익숙하지는 않아도 잘 소화해 낼 수 있는 옷을 과감히 추천하는 데 예상보다 더 멋지게 소화하는 중년, 노년의 손님들에게 진심으로 감사의 말을 전하고 싶다.

열심히 달려온 당신에게 권하는
작은 사치

'옷은 때Time에 따라, 장소Place에 따라, 상황Occasion에 따라 알맞게 착용하라.' 한번은 들어 본 말일 것이다. 그런데 어떻게 입어야 TPO에서 벗어나지 않는지, TPO에 따라 입으려면 무엇을 준비해야 하고, 얼마나 많은 비용이 드는지 속 시원히 알려 주는 데는 없다.

잡지나 포털사이트, 영상을 참고할라치면, 머리부터 발끝까지 나오는 공통점이라고는 전혀 찾아볼 수 없는 모델들 모습에 한숨부터 나오고, 오히려 '패션'에서 더 멀어지는 것만 같다.

유명한 패션업계 종사자들이 써낸 서적들에서 멋들어진 패션 용어와 누가 누군지도 모를 세계적인 패셔니스타 이름들을 보면 나는 그들과 전혀 다른 별에 살고 있는 사람 같고, 패션의 '패' 자도 모르는 일자무식이 된 기분 탓에 새롭게 변해 보리라는 용기마저 사그라진다. 그 모델들이 차려입은 옷들을 호기롭게 주문해서 보면 어처구니가 없어 실소가 터지거나, 주문한 옷이 맞는지 의심스럽고 짜증 난 경험이 있지 않은지.

어쩌다 마음먹고 나선 백화점에서 잘 차려입은 사람들과 처음 보는 수많은 브랜드명에 주눅이 들어 결국에는 익숙한 이름의 브랜드 매장에 들어가 적당한 가격에 적당히 무난한 옷을 하나 집어 들고 돌아온 적도 적지 않을 터. 그렇게 반복되는 쇼핑은 피곤할 뿐 당최 힐링이 되지 않고, 그렇게 채워진 장롱 속 옷들을 보고 있자니 명치부터 답답해진다. 매달 날아오는 카드 대금 명세서를 확인하면서 또다시 목덜미가 뻐근해진다. 이 난

국에서 벗어날 방법은 없을까?

이 책이 정답을 주지 못할 수도 있다. 나는 이 책을 통해 이제껏 자신에게 어울린다고 생각한 것보다 훨씬 더 많은 옷을 소화할 수 있다는 자신감에 부채질하는 역할을 하고 싶다.

'이때까지 아니라고 처박아 둔 옷들이 생각보다 어울리지 않을까? 다시 한번 시도해 볼까?'

'빨강은 내게 안 어울리는 색상이라고 여겼는데, 정원경이 말하는 대로 빨간 원피스에 내가 좋아하는 스카프를 두르니 제법 괜찮은걸?'

'오래전에 산 스카프가 있었지. 흰 물방울무늬가 있는 검정 스카프. 그 스카프를 두르고 빨간 립스틱을 발라 보자. 그런데 이 대책 없는 머리는…. 좋아, 졸라매자!'

다양한 시도를 하면서 새로운 결론에 이르도록 용기를 불어넣고 싶다. 당신이 이 책을 읽고 한번쯤 그런 시도를 한다면 성공한 셈이다.

　패션은 결코 어렵거나 복잡하지 않다는 것이 내 경험에서 쌓인 데이터를 바탕으로 내린 결론이다. 옷을 잘 입기 위해서 패션 관련 서적을 정기 구독 하거나 수많은 브랜드를 섭렵하지 않아도 되며, 세계적인 트렌드를 꼭 알아야 하는 것도 아니다. 패션 관련 종사자가 아닌, 지극히 평범한 일상을 살아가는 우리가 외모에 투자할 수 있는 시간과 비용은 그리 많지 않으니 TV를 비롯해 매체에서 보는 연예인이나 모델, 패셔니스타처럼 멋있을 수 없는 게 당연하다. 전혀 다른 삶을 사는 사람을 롤 모델로 정해 놓고 쫓아가는 것 자체가 얼마나 가랑이 찢어질 만한 욕심인지.

　그렇다고 세련과 멋을 포기하라는 말이 아니다. 고맙게도 수많은 디자이너가 예쁜 옷들을 만들어 준다. 편하지만 예쁜 옷, 일상복이지만 행사복으로도 손색없을 옷들이 도처에 있으니 그것을 찾아내는 안목만 키우면 된다는 말을 하고 싶다.

그 수많은 옷 중에 나에게 어울리는 옷, 닳아서 버리는 순간까지 좋아할 만한 옷을 찾아내는 눈을 키우기 위해 관심과 노력을 기울이기를 권한다. 그렇게 장만한 옷들을 지겹지 않게 질리도록 입을 수 있는 기술을 익히면 패션이 '옷 입기 놀이'에 불과하다는 나의 결론에 동의할 터, 옷 입기 놀이가 즐거운 일상이 될 것이다.

무심한 듯 여유로워 보이는
그녀의 비밀

내가 추구하는 멋은 무심한데 왠지 한껏 예쁜, 그리고 여유로워 보이는 것이다. 목단 옷을 입는 사람들이 실제로 경제적인 여유가 있든 없든 상관없다. 누구든 여유가 있어 보이면 좋겠다. 그냥 '저 옷을 저 정도의 스타일로 입을 수 있는 사람이면 고리타분하지는 않겠다' '꽉 막혀 있지는 않겠다' '뭔가 여유가 있겠다' '대화했을 때 재미있겠다' 그런 이미지를 연출할 수 있으면 좋겠다.

중·노년층이 목단 옷을 입었을 때 '나이에 비해서 굉

장히 젊은 감각을 가지고 계시네' '아줌마인데 참 센스 있다'라는 소리를 들으면 좋겠다. 악착같이 바쁘게 살 수밖에 없는 환경에 놓여 있어도 남들이 봤을 때는 여유가 있구나, 그래도 자기한테 투자를 할 줄 아는 구나 하는 소리를 들으면 좋겠다. 그게 옷을 직접 고르고 사는 데 들이는 경제적인 여유든 시간적인 여유든 마음의 여유든 상관없다.

목단에서는 누구나 쉽게 지불할 수 있는 금액의 옷을 판다. 목단의 옷은, 돈을 버는 사람은 물론이거니와 생활비를 받아 쓰는 사람도 조금씩 아껴 모은 돈으로 우리 매장에서 옷 한 벌 정도는 살 수 있는 가격이어야 한다. 그것이 내가 지향하는 목단이다.

많은 분이 공감하고 치를 수 있는 금액. 하지만 그 금액 이상의 값어치를 하는 감각과 센스가 있는 옷. 그리고 절대 그 가격이 아깝지 않은 원단을 사용하겠다는 것이 나의 고집이다.

　그래서 콩나물값도 아낀다는 주부들이 어쩌다 큰맘 먹고 우리 가게에서 옷을 샀는데 몇 번 입고 못 입는다는 소리는 안 들었으면 좋겠다. 그게 내가 목단 옷을 만드는 기준이고, 가격을 책정하는 기준이다.

　나는 머리가 희끗희끗해지고 손에 주름이 자글자글해져도 내 팔목에 채우면 예쁘겠다 싶은 시계는 살 것이다. 지금 끼고 있는 안경도 내가 백발일 때 더 어울릴 것 같아서 선택했다. 내가 나이가 들수록, 할머니 소리를 들을 때 더 어울리겠다 싶었다. 그런 이유로 나는 염색도 하지 않는다. 나에게는 그런 나름의 고집이 있다. 그 고집이 모든 영역에서 선택의 기준이 된다. 그렇게 고른 물건들에는 통일감이 있다. 가게든 집이든, 옷이든, 인테리어 소품이든. 그게 내 안목이라면 안목이고 기준이며 목단의 고집이다.

Epilogue

시간이 흐를수록
멋있는 여자로 남기를 바라며

나는 시간을 잘 쓰는 사람이 참 부럽다. 그리고 그들이 하루를 살아가는 방식을 동경한다.

뜬구름 잡는 얘기일지도 모르겠는데 진심으로 궁금하다. 그들은 쉬는 날을 어떻게 보내는지.

아르바이트를 시작한 열아홉 살 때부터 지금까지 서른 살 기념 10일간의 호주 여행, 그리고 발리로 떠난 신혼여행이 내 생애 최고 긴 휴가였다. 다행인지 불행인지 '좀 쉬어 보자' 하고 당차게 회사를 나오면 어떻게들 알고 귀신같이 연락을 했다. 딱 일주일 지나면 어김없이 직장에 다니고 있었으니 배낭여행은 늘 계획에만 열심히 참여했지 한 번도 실행에 옮기지 못했다.

책임감이라는 명분 아래 나는 참 악착을 떨며 살았다. 그렇게 20대 후반이 되니 날이 예리하게 선 전형적인 실장님 캐릭터가 되어 있었다. 그 당시 누가 나한테 억척스럽다고 했는데 그 말이 내 뺨을 후려치는 것 같았다. 그 말이 지독히도 싫었다. 그렇게 나이 들고 싶지 않았다. 적어도 물밑에서 요동치는 발을 들키지 않는 백조처럼, 우아하기까지는 아니어도 귀티 나고, 없어 보이지 않는 귀한 집 막내딸로 보이고 싶었다.

하지만 어찌 천성이 쉬 바뀌겠는가! 친구를 만나면 "생각해 보면 원경이랑 느긋하게 카페에서 커피 마신 기억이 별로 없어"라는 충격적인 말을 지금도 가끔 듣는다. 그래도 예전에 비하면 요즘은 양반이다.

아무튼 내 30대는 달라야 했다. 그즈음 직접 나서서 일하기보다 제2의 정원경을 만드는 것이 회사에도 나에게도 좋은 일임을 사회생활 10년 만에 깨달았다. 그 깨달음은 적중했다. 내가 매장을 퇴사한 후 인수인계받은 직원들이 각 매장에서 최고 사수로 근무한다는 소식이 들려와 뿌듯했다. 정작 문제는 나였다.

더 이상 가르칠 후임이 없던 나는 서촌의 네 평 남짓한 옷가게 사장님이 된 뒤로도, 연남동에 매장을 연 뒤로도 하루 종일 동동대고 종종거리며 한시도 가만히 있지를 못했다.

'아, 뼛속까지 직원인 것인가. 이러다간 억척 캐릭터를 영영 못 벗어나겠는데….'

딜레마에 빠져 이러지도 저러지도 못하고 마음만 힘들었다. 그러니 쉬는 날도 없고, 있다 해도 제대로 놀 줄을 몰라 어디를 가야 할지, 무엇을 할지 막막했다. 20년 가까이 쉬지도 못하고 일한 나는 오랫동안 신체적으로도 정신적으로도 피로가 누적되어 결국에는 '번아웃증후군' '적응장애' '승진 우울증'이라는 정신과의사 선생님의 소견을 마주하게 되었다. 이런 증상들이 심해지면 '공황장애' '중증 우울장애'로 발전한단다. 무서웠다. 그런 상황이 내 판단력에 제동을 걸까 봐 두려웠고, 무기력하고 우울한 엄마가 될까 봐 겁이 났다.

예전에 비해 그다지 나아지지는 않았지만 그래도 요즘은 의식적으로 바뀌려는 훈련을 하고 있다. '나만의 시간을 꼭 만들 것, 땀나는 운동을 할 것' 의사의 처방대로 조금씩 실천할 것이다. 그리고 한편으로 나 자신에게 되뇐다.

'느긋해지자. 모든 것에 최선을 다하라는 말은 앞으로 하지 않겠다. 후회하지 않을 만큼, 지치지 않을 만큼만 하자. 쉴 줄도 알아야 한다. 일이든 사람 관계든 절대 억지로 하지 말자. 뭐든지 순리대로, 마음이 1퍼센트라도 더 편한 쪽으로 결정하자.'

다짐하고 또 다짐한다. 이는 독자들에게도 하고 싶은 말이다.

누가 시키지 않아도 일을 찾아서 하고, 앞장서서 하던 치열했던 시절의 나를 가끔 마주해 본다. 그 억척이, 그 오지랖이 지금의 나를 만들었으니 그때의 나도 보듬으려 한다.

내 겉모습에서 이런 나를 전혀 눈치채지 못하는 사람이 많으면 좋겠다. 그렇다면 나는 스타일을, 나를 포장할 줄 아는 재주가 있는 사람일 테니 말이다. 고로 난 옷을 잘 입는 사람인 것이 증명되는 셈이다.

글을 써 내려가면서 나 자신에게 수도 없이 물었다.

'나는 멋진 사람인가?'

'잘 나이 들고 있는가?'

잘 모르겠다. 이 글이 끝나가는 지금도 물음표다. 다만, 멋지게 늙어 가는 내 이미지를 그려 놓고, 그렇게 살려고 노력하는 것 같다.

나는 약속을 지키려는 어른이다. 내가 뱉은 말을 지킬 수 없는 상황이 생긴다는 것을 경험하면서, 약속이나 공약을 함부로 내뱉지 않는 신중함을 배우고 있다. 그 신중함으로 나 자신에게 하고 싶은 공약이 있다.

내 회사 밖을 나가 소비자가 되면 옷을 비롯해 남이 만든 물건에 100퍼센트 만족하기가 결코 쉽지 않다는 진리를 매 순간 절감한다. 그런 중에도 몇 안 되는 최애 아이템, 브랜드가 있으니, 내 회사도 누군가의 몇 안 되는 최애 브랜드로 만

들고 싶다.

그때가 언제인지는 중요하지 않다. 세상의 속도가 아니라 나만의 시간으로, 내 방식대로 차근차근 만들어 가면 그뿐이다. 내 사람들과 함께 즐겁게 나아가기, 그것이 가장 중요하다.

Thanks to

나를 있게 해 준
소중한 사람들에게

목단을 이끌며 가끔 힘에 부칠 때가 있다. 그럴 때는 나의 모자람과 직면하는 것 같아 몹시 갑갑해진다. 내가 대학을 나왔다면 달라졌을까, 경영 분야를 전공했다면 어땠을까 자문하기도 한다. 캠퍼스를 배경으로 하는 풋풋한 연애담이나 MT의 묘미를 겪어 보지 못한 아쉬움이 눈곱만큼은 있었을지 모르나 이제껏 살아오면서 대학을 가지 않은 것을 부끄러워하거나 후회한 적은 없다.

책임져야 하는 직원이 늘고, 월말 정산지에 늘어나는 숫자만큼 생각은 더 깊게, 행동은 더 신중하게 해야 하는 현실을 마주하고 있다.

연남동에 터를 정하고 '목단꽃이 피었습니다'를 개업한 초창기, 나와 직원 셋, 단 네 명이 일했던 때를 가끔 떠올린다. 멋진 사장님 코스프레에 푹 빠져 있던 시절이다. 마치 십수 년간 간직했으나 나는 경험하지 못한 직원의 로망을 내가 실현시키겠다는 강박증 같은 것이었는지도 모르겠다.

호기롭게 전 직원과 1박 2일 단풍놀이도 가고, 2박으로 제주도도 가고, 핫한 토요일에 과감히 문을 닫고 케이터링으로 한 상 멋들어지게 차려 놓고 단골손님들과 시끌벅적 와인 파티를 즐겼다. 그렇게 해야 멋진 사장인 줄 알았다. 직원들과 유대감을 쌓는 시간과 하루 이틀의 매출을 맞바꾸는 것이 아깝지 않다고 여겼다. 아니, 하루 매출 정도야 직원들을 위해서 포기하는 멋진 사장이고 싶은 마음이 더 컸다고 말하는 것이 솔직하겠다.

술이라도 한잔 들어간 회식 자리에서 목단 식구들에게 이런저런 공약도 참 많이 내뱉었는데, 약속을 못 지키면 어찌나 자존심이 상하는지 이상한 똥고집에 사로잡힌 나는 다행히도 대부분의 공약을 실천에 옮길 수 있었다.

나도 별수 없는 사람인지라 뱉은 말에 후회도 하고, 예상보다 큰 지출 앞에서 비굴하게 망설여지는 것을 애써 모른 척할 때도 있다. 다만, 나에게는 한결같은 기준이 있다.

'가족이라면 어쩔래? 친언니이고 친동생이라면 어쩔래?'

직장 다닐 때 회사에서는 늘 가족이라 말하지만 막상 내가 아쉬울 때는 철저히 회사 입장을 내세우는 것이 그렇게 서운할 수가 없고 서럽기까지 했다. 진짜 가족이면 이러지 않을 텐데…. 그게 내 기준이 되었다.

나에게는 천군만마 같은 직원들이 있다. 그들은 내게 가장 큰 자산이고 자랑이며 자부심이다. 그중 첫손가락에 꼽는 사람은 가장 오래된 벗이자 동료인 정미 점장님이다. 첫 직장이던 부평의 그 예쁜 숍에서 만나 지금까지 이어진 인연이니 이제 딱 20년 지기가 되었다.

우리가 만나지 않고, 서로의 안부를 궁금해하지 않던 시절도 있었다. 그런데 인연이 되려는지 우연히 동대문에서 마주

쳤고, 그 만남이 물꼬가 되어 오랜 세월 많은 일을 함께 겪어내고 있다.

까칠하고 성격 급한 나와는 정반대의 성향이라 가끔은 나도 의아하지만, 둘의 조합이 만들어 내는 케미는 우리 둘만 아는… 아무튼 이심전심 통하는 사이다.

점장님의 두 아들이 한창 손이 많이 가는 꼬맹이일 때 일이다. MT를 앞두고 점장님 아이들을 데리고 가야 하나 말아야 하나 고민이 되었다. 당시 목단 구성원은 나를 포함해 기혼이 두 명, 미혼이 두 명이어서 결혼하지 않은 친구들 처지도 신경이 쓰였다. 나는 어김없이 자문해 보았다.

'친조카라면 어쩔래?'

답은 당연히 데리고 간다이다. 그래서 데리고 갔다. 나머지 두 사람에게는 양해를 구했다. 언젠가 너희도 엄마가 될 테니 그때도 데리고 가서 우리가 아니, 내가 다 돌봐 주겠노라는 협상 같은 양해를. 훗.

초창기에 목단의 브레인을 담당했던 혜인이는 내가 이태

원에서 관리 직원으로 일하던 시절에 신입 사원으로 입사하면서 만났다. 애송이 신참이 어찌나 지각을 일삼는지 혼을 내기도 하고 달래기도 했다. 그런 내 앞에서 혜인이는 울기도 참 많이 울었다.

처음 본 순간부터 이상하리만치 마음이 가던 그 친구를 그 다음 직장에도 불러들였다. 얼마나 명석하고 감각이 좋고 이해력이 뛰어난지, 내게는 없는 놀라운 능력을 지닌 혜인이가 그저 예쁘고 기특했다. 지각하는 버릇은 쉬 고쳐지지 않았지만, 그 단점을 가릴 만큼 재능이 있었다. 그러니 목단에 데리고 올밖에.

목단의 창립 멤버인 만큼 수많은 시행착오를 함께 겪으며 많은 역할을 담당하던 그 녀석이 어느 날 말했다.

"저 편집디자인을 배우고 싶어요."

더 이상 목단에서 직원으로 근무하기는 힘들겠다는 소리였다. 배우려면 시간을 빼야 하고, 공부와 목단 일 둘 다를 잘해 내기란 무리이고, 그런데 무언가를 배우려면 돈을 벌어야 하고… 결론을 빨리 추려야 했다. 어김없이 이어지는 질문.

'친동생이면 어쩔래?'

당연히 배우게 해야 한다. 20대 중반을 먼저 겪은 선배로서 혜인이의 인생을 책임질 게 아니라면 당연히 배우게 해야 한다. 그래서 시간제근무로 전환해 주었고, 3개월 뒤 예상대로 그 분야의 회사로 이직하고 싶어 해서 그러라고 했다.

"그래, 가서 열심히 배우고, 체계 갖춘 회사에서 빡세게 일하고 더 성장해서 다시 목단으로 와."

진심이었다. 내가 혜인이를 다시 데리고 올 만한 회사를 만들 자신이 있었다. 정에 호소하지 않고 장점 많은 근무조건을 제시하는 좋은 회사를 만들면 그만이었다.

누구라도 퇴사하겠다고 하면 나는 쿨하게 인정한다. 그 사람에게 미련이 없어서가 아니다. 집 식구들보다 더 많은 시간을 함께했으니 아쉬움이야 이루 말할 수 없다. 하지만 내가 부족해서 직원이 만족하는 회사로 성장시키지 못한 결과이니

붙잡을 수 없다. 내가 더 노력해야 하고 다른 회사에 직원을 빼앗기지 않는 회사로 키우는 일은 내 몫이다.

뭘 믿고 이렇게 자신만만하냐고? 아직 소개하지 않은 목단의 '어벤져스'가 남아 있기 때문이다.

외국 생활을 접고 한국으로 해외 이사를 감행했던 셋째 언니의 합류로 목단 2호점을 오픈했다. 40년 된 주택을 1층은 카페와 미용실, 2층은 의류 숍으로 바꾸는 리모델링 아니, 대공사에 겁 없이 손댔다. 그런데 상상한 것보다 빡빡하고 치열한 한국 생활이 벅찼던 언니네 부부는 다시 뉴질랜드로 돌아갔고, 60평 되는 넓은 공간을 나 혼자 맡게 되었다.

출산하고 1년이 채 안 된 터라 그 상황이 몹시 버거웠다. 갓난아기 지우를 안고 참 많이 울었는데 그때 지우를 함께 키워 준 사람이 지금의 권유경, 홍선욱 팀장이다.

2평 남짓한 사무실 공간을 간이 방으로 만들고, 내가 손님을 맞이할 때면 칭얼거리는 지우를 둘이서 번갈아 안아 주고,

재워 주고, 기저귀를 갈아 주고 이유식도 먹였다. 손이 많이 가는 카페 일에 직원들 밥도 하고, 손님 응대에 블로그 포스팅까지… 이루 다 열거할 수 없을 만큼 많은 일을 해내면서도 싫은 내색 한 번, 미간 한번 찌푸리는 모습을 본 적이 없다.

하루는 새벽에 권 팀장의 동생이 다급하게 연락을 했다. 내가 신경 쓸까 봐 권 팀장이 사타구니의 통증을 참으면서 근무했는데, 결국 탈장으로 응급수술에 들어갔다고 했다. 그때 머리부터 발끝까지 피가 마르는 떨림을 경험했다. 가슴이 아팠다. 그 일을 떠올리면 지금도 가슴 한편이 시리다. 내가 얼마나 못났으면 어린 친구가 말도 못 하고 그 통증을 참기만 했을까. 너무 미안하고 부끄럽고 또 미안해서 잠을 이루지 못했던 기억이 있다.

어느 직원이 그럴 수 있을까. 회사를 위해, 책임을 다하기 위해 참고 또 참으면서 웃음을 잃지 않고 일할 수 있을까. 그 더운 여름에 지우를 데리고 인천에서 연남동으로 출퇴근하는 내게 약 한 제 지어 주기는커녕 안부를 묻는 사람도 없었지만

이 두 사람 덕분에 육아 스트레스나 우울증 같은 것은 전혀 없었다. 일 처리에 있어 이 두 사람이 얼마나 철두철미하고 빠르며 똑똑한지는 굳이 말하지 않겠다. 자식 자랑하는 팔불출 같다는 질투 어린 시샘이 두려우니까 훗.

목단 영상에서 '참함'을 도맡고 있는 MD 서연이. 손님들이 이 친구를 보면 순하고 참한 아가씨라고 하겠지만, 서연이의 뚝배기 같은 근성과 뭉근한 뚝심은 우리 중에 아무도 따라갈 수가 없다. 입사 때부터 지금까지 한결같은 마음을 지닌 아이. 처음에는 하도 조용해서 얼마나 있으려나 마음이 쓰여 점장이랑 의논도 했다.

"서연이는 3개월 적응하면 오래갈 것 같긴 한데…."

반신반의했는데 고맙게도 입사 4년 차가 되었다. 지금은 부드러운 카리스마를 겸비한 MD로서 나와 함께 상품 구성을 상의하는 중추 역할을 해내고 있다.

여러 거래처와 공장에서 "이걸 불량이라고 하면 만들 자신이 없다"고 말할 만큼 한 가지라도 거슬리면 전면 수정을 감행하거나 심하게는 판매 중지를 결정하는 나의 이상한 고집을 가장 가까이에서 견뎌 내는 안쓰러운 우리 서연 MD.

본인의 실수든 아니든 언제나 먼저 죄송하다고 말하고, 본인을 자책하며 냉랭한 분위기를 빨리 수습할 줄 아는 지혜롭고 착한, 그래서 가끔 손해 보는 캐릭터다. 어찌 사랑스럽지 않겠는가. 나는 그 착한 마음을 알아차려 주기만 하면 되는데 그 쉬운 것도 가끔 놓치는 것 같다.

지금의 목단 매출에 지대한 영향을 끼친 전前 MD. 현재는 목단에서 근무하지 않으니 실명은 거론하지 않겠다. 여전히 단단한 애정으로 인연을 이어 가는 제주댁은 나를 새로운 시각과 새로운 경험으로 이끌어 주는 언니 같은 동생이다.

이 친구 덕분에 내가 한 단계 성장했다고 망설임 없이 말할 수 있다. 나의 많은 생각과 복잡한 심정, 고민을 진심으로 들어 주고 명쾌하게 조언하는 벗. 목단에서 매일 보는 사이는 아니지만 해외 바잉을 갈 때면 늘 동행하는 고마운 존재다.

배가 남산만큼 불렀는데도 어김없이 출근하고 1, 2호점을 쫓아다니며 쪼그리고 앉아 손님 바짓단을 접어 주는 내가 안쓰러워 보였을까. 하루는 남산 하얏트호텔로 오라더니 제발 좀 쉬라며 지우 아빠와 내가 묵을 스위트룸을 잡아 놓은 게 아닌가. 살면서 받아 본 적 없는 호사이고 호의였다. 스케일이 남다른 선물이어서가 아니다. 하나하나 챙겨 주는 세심함으로 쉰다는 게 어떤 건지 실감하게 해 준 그날을 나는 평생 잊지 못할 것 같다.

끝으로 이 모든 상황을 곁에서 묵묵히 바라보고 함께 겪어 내는 내 파트너, 지우 아빠다. 이쯤에서 거론하지 않으면 애 낳을 때 자리 비운 남편만큼이나 원망을 들을지 모르니 어쩔 수 없다. 그리고 손발이 오그라들어도 이 멋진 기회를 빌려 전해야겠다.

와이프 계획대로 따라와 주지 않는 속 좁고 옹졸한 남편이 아니어서 진심으로 고맙다. 잘난 와이프 덕에 산다는 못난 시선들이 시샘이라는 걸 아는 현명한 사람이라서 고맙다. 성장할 미래를 같이 설계하고, 다정다감한 말을 하지 않아도 후다닥 차려 내는 단일 메뉴에도 반찬 투정 한번 없이 밥그릇을 비우며, 내가 의기소침할 때면 '천하의 정원경'이라며 긍정의 응원을 툭 하고 내뱉는 김연욱 씨, 정말 고맙다.

이 책에 다 담을 수 없는 수많은 시간과 경험을 나는 내 사람들과 함께 이겨 냈고, 이겨 내고 있다. 열거하지는 않았지만 지금 목단에서 함께 생활하는 한 사람 한 사람을 사랑한다. 나는 늘 이들을 살핀다. 가려운 곳이 있으면 긁어 주어야 하기에. 내가 먼저 이들에게 귀를 기울이고 소통하며 의견을 가감 없이 나누려는 노력을 습관처럼 해야 한다.

잊을 만하면 찾아오는 그 어떤 고비에도 서로 머리를 맞대 당차게 맞서고, 맥주잔을 기울이며 서로에게 격려와 위로를 아끼지 않는다. '언제나 함께 버텨 낼 수 있다'는 마음들이

나를 외로운 오너로 있게 놔두지 않는다. 그것이 목단의 팀워크다.

대학을 나오지 않고 경영을 배워 본 적 없는, 뼛속까지 현장파인 내가 사회의 잣대에 위축되지 않고 당당할 수 있는 건 나를 믿어 주는 이들이 있기 때문이다.

나는 철저히 목단 내에서 승진하는 구조를 고집한다. 아무리 잘난 경력자인들 목단에서 함께 성장해 온 아니, 그 시간을 겪어 온 직원들과 견줄 수 있을까. 내 대답은 '아니!'다. 경영대학 최고봉 할아버지가 네가 틀렸다고 말해도 나는 상관없다고 하겠다.

이들과 함께할 즐거운 미래를 늘 꿈꾼다. 하얀 앞치마를 동여매고 푸른 잔디밭을 지나 볕이 좋은 장독대에서 장독들을 반질반질하게 닦고 있으면 삼삼오오 가족을 대동하고 대문을 들어오는 목단 어벤져스. 수많은 조카들이 명절이라고 들르면 멋지게 용돈을 내주는 회장 할머니(바로 나). 먹고사는 문제에 갑갑함이 없이 편안해 보이는 중년의 그들을 난 늘 꿈꾼다.

상상만으로도 이 얼마나 가슴 뛰는 설렘인가!